さくさくかるめいら

居酒屋ぜんや

坂井希久子

時代小説文庫

角川春樹事務所

目次

藪入り 7
朧月 57
砂抜き 101
雛の宴 143
鰹酔い 197

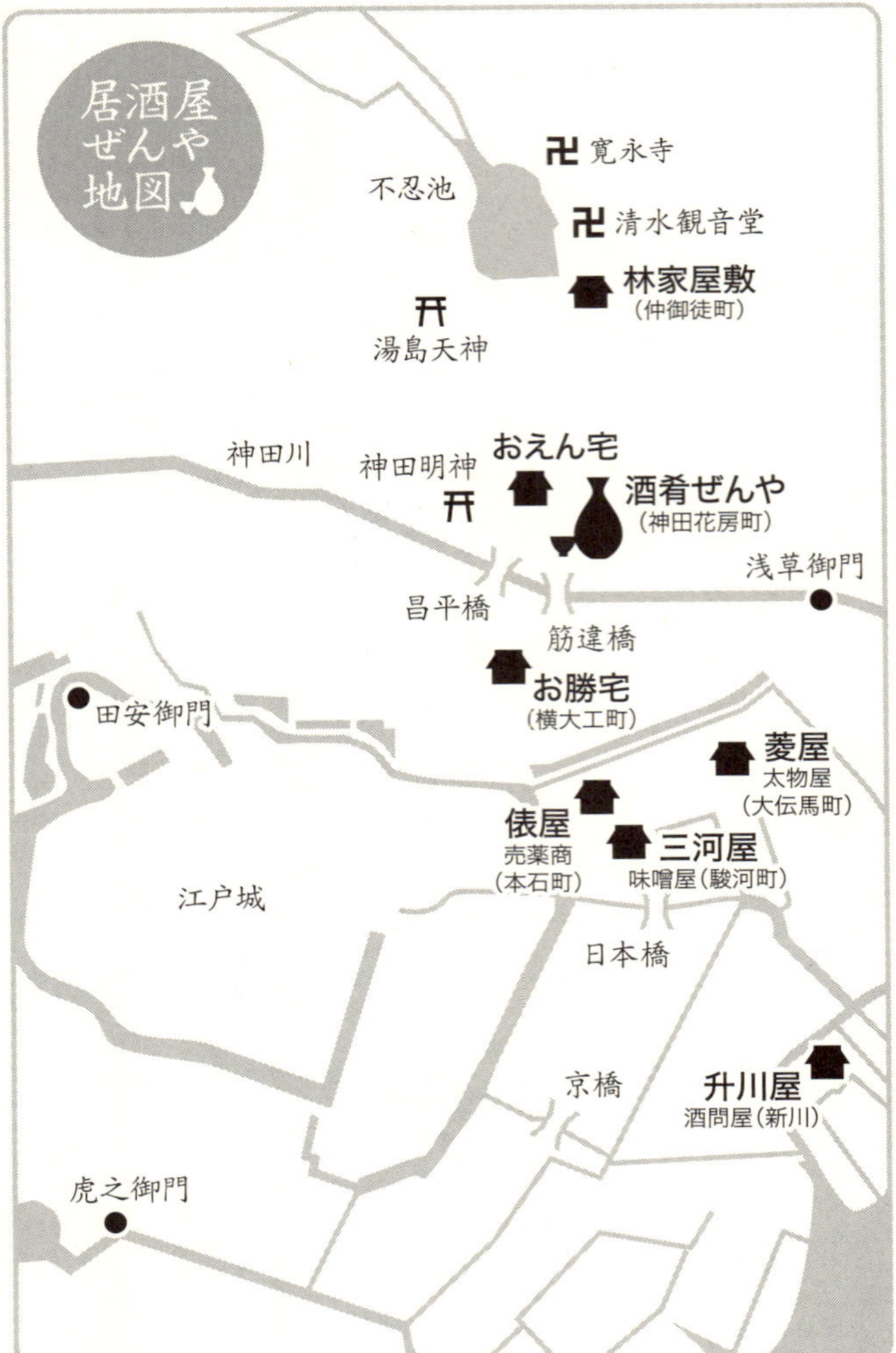
居酒屋
ぜんや
地図
寛永寺
不忍池
清水観音堂
林家屋敷
(仲御徒町)
湯島天神
神田川
神田明神
おえん宅
酒肴ぜんや
(神田花房町)
浅草御門
昌平橋
筋違橋
お勝宅
(横大工町)
田安御門
菱屋
太物屋
(大伝馬町)
俵屋
売薬商
(本石町)
三河屋
味噌屋(駿河町)
江戸城
日本橋
京橋
升川屋
酒問屋(新川)
虎之御門

さくさくかるめいら

居酒屋ぜんや

〈主な登場人物紹介〉

林只次郎《はやしただじろう》……小十人番士の旗本の次男坊。鶯が美声を放つよう飼育するのが得意で、その謝礼で一家を養っている。

お妙《たえ》……神田花房町にある、亡き良人《おっと》が残した居酒屋「ぜんや」を切り盛りする別嬪女将。

お勝《かつ》……お妙の義姉。「ぜんや」を手伝っている。十歳の時に両親を亡くしたお妙を預かった。

おえん……「ぜんや」の裏長屋に住むおかみ連中の一人。左官の女房。

お葉《よう》……只次郎の兄・重正の妻。お栄と乙松の二人の子がいる。

柳井《やない》……お葉の父。北町奉行所の吟味方与力。

草間重蔵《くさまじゅうぞう》……「ぜんや」の用心棒として、裏店に住みはじめた浪人。

「ぜんや」の馴染み客

菱屋のご隠居《ひしや》……大伝馬町にある太物屋の隠居。只次郎の一番のお得意様で良き話し相手。

升川屋喜兵衛《ますかわやきへえ》……新川沿いに蔵を構える酒問屋の主人。妻・お志乃は灘の造り酒屋の娘。

俵屋の主人《たわらや》……本石町にある売薬商の主人。俵屋では熊吉が奉公している。

藪入り

一

「なずな、なずなぁ〜」

物売りの老婆《ろうば》の、か細い声が新春の風に乗って耳に届く。

寛政《かんせい》四年（一七九二）、睦月《むつき》六日。明日は七日正月とて、朝に食す七草粥《ななくさがゆ》の種を農民が売り歩くのである。

閏年《うるうどし》ゆえか、今年の正月はいくぶん寒い。墓石に薄く積もった雪を払い、お妙《たえ》は袖頭巾《そでずきん》を取ってその前にしゃがみ込んだ。

「なずな、なずな、か。又三《またぞう》が聞いたらひどく嫌がりそうですね」

墓前に線香を供えてやりながら、旗本の次男坊、林只次郎《はやしただじろう》が薄く笑った。

「ああ、そうだね。あの人は七草粥なんざ『勘弁してくれ』だろうね」

そう言ってお妙の義姉《あね》、お勝《かつ》も手を合わせる。

「この時分の若菜は旨《うま》いんですけどねぇ」

大伝馬町《おおでんまちょう》菱屋《ひしや》のご隠居は、摘み菜好き。故人との好みが合わず、残念そうに首を振る。

東本願寺《ひがしほんがんじ》にほど近い、浅草新堀端《あさくさしんぼりばた》の浄念寺《じょうねんじ》。浄土宗《じょうどしゅう》の寺である。ご隠居の計らいにより、変わり果てた姿となった又三と音曲《おんぎょく》の師匠は、この境内《けいだい》に埋葬されていた。

いかにも庶民らしき女二人と、金回りのよさそうな老人、それから二本差しの若侍という取り合わせに、他の墓参客がなにごとかと振り返ってゆく。拝んでいるのは粗末な墓で、名のある者とは思えぬからなおさらだ。

皆、お妙の料理で繋《つな》がっている。旨いものを食って舌鼓《したつづみ》を打ち、酒を酌《く》み交わした仲だ。只次郎などは又三にたかられることのほうが多かったが、文句を言いつつ気前よく奢《おご》ってやっていた。楽しいときを共に過ごした者同士、絆《きずな》が芽生えぬはずはない。

「その後どうなんですか、下手人は」

ご隠居が、周りに聞こえぬよう声を落とす。只次郎も「ええ」と囁《ささや》き声で応じた。

「死罪は免れないでしょうが、まだ牢屋敷《ろうやしき》で生かされています。間もなく佐々木《ささき》様のご詮議《せんぎ》があるはずなので」

「なるほど、生き証人てわけだ」

「きっと、松が明けてからでしょうね」

お勝とお妙も頷《うなず》き合う。もうしばらくの辛抱だ。

人を二人も殺《あや》めておいて、お天道様の元に戻れると思ったら大間違い。直《じか》に手を下した駄染《だぞ》め屋も、遠回しに指示を出した佐々木様も、正しく裁かれますように。

どうか見守っていて、又三さん。

かじかむ手を合わせて、強く念じる。死ななくてもいい人を死なせてしまった後悔に、押しつぶされてしまわぬように。

もう少しで真相が明らかになる。

それなのに、不安が隙間風《すきまかぜ》のように胸に忍《しの》び入ってくるのはなぜだろう。まだなにか、大事なことを見逃しているような気がする。

おそらく只次郎に話せば、気にしすぎだと宥《なだ》められることだろう。お妙の心配を笑うように、雪の間から顔を出したなずなの新芽が揺れていた。


「そういえば、今度の藪入《やぶい》りに熊吉《くまきち》は帰ってくるんですか」

銘々が胸の中で又三に語りかけ、さてそろそろと折を見て立ち上がる。広い墓地は吹きさらし。只次郎が首を縮めながら問うてきた。

「ええ、どうやらお許しが出たようで」

熊吉は本石町《ほんごくちょう》にある薬種問屋、俵屋《たわらや》の小僧である。無断でお店《たな》を抜け出した罰で七月の藪入りには帰参を許されなかったが、ついにお咎《とが》めが解けたらしい。

「それは楽しみですね。旨いものを食わせてやらないと」

「可笑《おか》しいんですよ、また蓮餅《はすもち》が食べたいと手紙を書き送ってきて」

「おや、蓮根《れんこん》を食べられるようになったんですね」

「そのようです」

厳密に言えば『ぜんや』は熊吉の家ではないのだから、「帰ってくる」というのは当たらないかもしれない。だが帰る家のない熊吉と、帰らぬ人をいつまでも想《おも》っているお妙には、実の親子でなくとも惹《ひ》かれ合うものがあった。

俵屋の主人の気に入りとはいえ、厳しくしつけられる小僧の身。せめて藪入りの間くらいは、子供らしく寛《くつろ》がせてやりたいと思う。

「近いうちに、遊び道具でも持って行きますよ」

「まぁ、恐れ入ります」

又三の墓を前にして気分が沈んでいたお妙に、只次郎は心浮き立つ話題を選んでくれたようだ。優しい人だ、とお妙は目を細める。優しすぎて、たまに裏目に出ることもあるけれど。

「では私たちは手桶《ておけ》を返してまいりますので、先に行ってください」

寺から借りた手桶を持ち上げ、微笑《ほほえ》みかける。夫婦でもないこの四人が連れ立って歩いていると、いやが上にも目立ってしまう。

只次郎とご隠居も心得たもので、「じゃ、お願いします」とそこで別れた。

昼四つ（午前十時）の鐘が鳴ってから、もうずいぶん経《た》っている。急ぎ帰って店を開けなければと、お妙はお勝を伴い本堂に向かって歩きだした。お堂裏の井戸端に、寺の名が入った手桶が並べられている。

「あ、すみません」

お堂の角を曲がろうとしたところで、向こうからぬっと現れた男にぶつかった。手桶に残っていた水が跳ね、綿入れの裾《すそ》と足袋《たび》にふりかかる。お妙は慌てて相手を振り仰いだ。

「失礼しました。濡《ぬ》れませんでしたか？」

男の淀《よど》んだ目は、お妙を見てはいなかった。ぶつかったことにも気づかぬように、足を引きずりながら歩いてゆく。無精髭《ぶしようひげ》どころか月代《さかやき》にもぽつぽつと毛が生えて、擦《す》り切れた親子縞《じま》の単衣《ひとえ》姿。そしてなにより全身から、強い酒の臭《にお》いがしていた。

言って分かる者になら、お勝は「お待ち」と呼び止めて説教をしただろう。だが男の心は現《うつつ》になく、酒毒に侵されているのが見て取れた。互いの前方不注意とはいえ、男から詫《わ》びの言葉は出そうにない。

墓地へと去ってゆく寒々しい後ろ姿を見送ってから、お勝が詰めていた息をふぅと吐いた。

「なんだい、ありゃ。頭っから酒樽《さかだる》に浸《つ》かってきたみたいなひどい臭いだよ」

むしろその臭いがなければ、頰《ほお》の肉の削《そ》げ落ちた男を亡者と見間違えていただろう。そうなってもまだ酒を飲み続け、すでに半分はあちらの世界に足を踏み入れている。酒は百薬の長といえ、過ぎれば当然毒となる。居酒屋を営む者として、忘れてはならぬことだった。

濡れた足袋がたちまち冷えて、指先が氷のように固まってゆく。

お勝に「行くよ」と促され、お妙は寺を後にした。

二

十六日の朝は、ずいぶん早く目が覚めてしまった。

明かり障子の向こうは闇《やみ》に沈み、月が隠れたのか、ものの影も差してはいない。夜明け前の冷気が鼻先に漂っており、もう少し夜着の中で丸まっていたいと思うのに、いよいよ今日が藪入りだと思うと熊吉が来る前にあれをしてこれをしてと、頭が忙しく働きだした。

子を奉公に出している親は、皆こんなふうに藪入りの朝を迎えるのだろうか。だとしたらいっぱしの親気分を味わえて、熊吉には感謝するしかない。

さぁ、家に迎えて旨いものを食わせたあとは、どうしようか。両国《りょうごく》か浅草まで行って小屋掛けの芝居でも見るか、それとも見世物小屋がいいか。

『ぜんや』は夕刻まで休みである。

「なんだ、知り合いの子が帰《けえ》ってくるなら俺《おれ》たちの飯を作ってる場合じゃねぇだろ。構わねぇから、昼は休みにしちまいな。魚河岸《うおがし》の奴《やつ》らには言っといてやるからよ」

煤払《すすはら》いの手伝いにも来てくれた、魚河岸の仲買人カクに勧められ、ありがたく甘えることにした。

面白いことに人から人へと伝わるうちに、いつの間にか「知り合いの子」が「実の子」に変わったらしく、「お妙さん、息子がいたって本当かい？」と何人かの客が駆け込んできた。まだ勘違いしている者も多いようだが、訂正して回るほどのことではないと、お妙は鷹揚《おうよう》に構えている。コブつきと思われていたほうがいっそ、面倒がなくてよい。

ああ、もうこうしてはいられない。お妙は夜着を撥《は》ね上げて起き上がる。

寒さには弱いほうだが、気持ちが昂《たかぶ》っているせいか、さほど身にはこたえない。手探りで火打石を手に取って、行灯《あんどん》に火を入れた。

熊吉にしてやりたいことは、まだまとまらない。

でもそうだ、あの子が戸口に顔を見せたらいの一番に、「お帰りなさい」と言ってやろう。


お仕着せの綿入れに小倉織《こくらおり》の帯を締め、その結び目に扇を挿《さ》したどこかのお店の小僧たちが、四、五人固まって通りを歩いてゆく。

熊吉よりはやや年嵩《としかさ》の少年たちだ。おそらく親元が江戸から遠く、主人が持たせてくれた小遣い銭を握りしめ、こぞって芝居見物へ行くことにしたのだろう。

往来には幼い呼び声が響き渡り、同じく藪入りの小僧の形《なり》をした少年たちが、頬を真っ赤にして追いかけっこをはじめた。少しくらい騒がしくとも、この朝ばかりはそれを見守る大人たちも、「賑《にぎ》やかだねぇ」と目尻《めじり》を下げている。

お妙もまた微笑ましく、『ぜんや』の戸口に立ってその様子を眺めていた。子供たちの声が聞こえてくるとじっとしてはいられずに、つい外へ出てしまった。

本石町の俵屋からまっすぐ歩いて来るのなら、熊吉はすぐそこの筋違橋《すじかいばし》を渡るだろう。向こう岸の火除《ひよ》け地《ち》の空には、子供たちが揚げる凧《たこ》が気持ちよさそうに泳いでいた。

こんなところで待ち受けていたら、きっとあの子も驚くわよね。

思い直して室内に戻る。早起きだったため土間は隅々《すみずみ》まで磨き上げられ、料理の下《した》拵《ごしら》えも済んでいる。いつ熊吉が入って来ても寒くはないよう、火鉢の中を掻《か》き回す。

「だったらアタシも休ませてもらうよ」と、お勝は夕方まで顔を出さないつもりらしい。

「若い男との水入らずを楽しみな」

そんな冗談を言って、昨夜は家に帰って行った。

いくらなんでも、若すぎるわ。

パチパチと炎を上げはじめた炭に手をかざし、お妙はふふっと唇の端に笑みを乗せる。あちらはやっと十一になったばかり。それに引きかえこちらはもう二十八だ。

「おばさん」

そう、とっくにそう呼ばれる歳《とし》である。

「ねぇ、おばさんたら。なにをぼんやりしてんのさ」

声変わり前の子供の声に、はっとして顔を上げる。いつの間に入って来たのか、熊吉が戸口に立っていた。

俵屋のお仕着せは浅葱《あさぎ》格子《こうし》。帯はご多分に洩《も》れず小倉織で、細い脚《あし》には千種色《ちぐさいろ》の股引《ももひき》を穿《は》いている。にっこり笑うと大股《おおまた》に近づいてきて、お妙が腰かけていた床几《しょうぎ》に雪駄《せった》を脱いで上がった。

膝《ひざ》を正して座り、サッと手をつく。頭を下げたまま、熊吉はしっかりとした声で口上を述べはじめた。

「お妙さん、お変わりなく。主人もお店の皆さんも変わりなく、よろしく伝えるよう言いつかっております。こちらは気持ちばかりですがと、主人から」

そう言って手にしていた風呂敷包《ふろしきづつ》みを解く。中身は近ごろ日本橋で評判の練《ね》り羊羹《ようかん》だった。

「まぁ、立派になって」

まさにこれは感無量。一年前に天神様《てんじん》で出会った薄汚い子供とはとても思えぬ。お妙は着物の袖《そで》で目頭を押さえた。

「お前また背が伸びたんじゃない？」

「なに言ってんのさ。蕎麦《そば》の会のときに会ったばかりじゃないか」

手を伸ばし、綺麗《きれい》に剃《そ》られた奴頭《やっこあたま》を撫《な》でてやる。熊吉は照れたように鼻をこすった。

たしかにふた月前に会ってはいるが、それでもずいぶん大人びたようである。背はまだお妙を越えそうにないものの、俵屋のしつけの賜物《たまもの》か、物腰が落ち着いたのだ。手の上げ下げやお辞儀のしかたに、すでに風格のようなものが備わっている。

まだこんなに幼いのにと、その成長を喜ぶ一方で切なくもあった。

「お帰りなさい、小熊《こぐま》ちゃん。ゆっくりしてってね」

「ちょ、なんだよおばさん。オイラもう熊吉だよ」

「いいじゃない、今日くらい」

奉公前の名で呼ばれ、恥ずかしいのか熊吉はお妙の手を払いのける。だがお妙がまったく動じずにこにこしているものだから、「ちぇ、馬鹿にしてらぁ」と拗《す》ねたふりをした。

子供が子供でいられる時期は、そう長くはない。熊吉が必死で大人になろうとしているのは分かるが、奉公を離れている間くらいは、亡きふた親のつけてくれた名で呼んでやりたかった。

幼いころに火事で焼け出されたお妙とて、親からもらったものといえば、もはや己の体と名のみである。「妙」と優しく呼んでくれた父母の声は思い出せるのに、その面影はもはや朧《おぼろ》げだ。

　子は己の名を呼ぶ親の声で、慈愛の深さを知るのだろう。

「そうそう、林様がこれを小熊にって」

　あまりべたべたしても嫌がられるので、お妙は立って小上がりにあった包みを手に取る。一昨日《おととい》酒肴《しゅこう》を楽しみに来た只次郎が、「気に入るかどうか分かりませんが」と断りつつ置いて行ったものである。

「えっ、兄ちゃんがなんだって？」

　只次郎の名を出すと、畏《かしこ》まって座っていた熊吉は床几からぴょんと飛び下りた。いつも馬鹿にしたような言動を取ってはいても、本当はあの若侍が好きなのだろう。只次郎もすでに二十二の大人なのだが、歳の近い友人のような親しみを覚えているようだ。

「わぁ、堀龍《ほりりゅう》の凧だ！」

　包みを開けて、顔を輝かせている。紺地に白で『龍』と染め抜かれた凧である。堀龍は下谷《したや》にある人気の凧屋だ。

「ねぇおばさん、兄ちゃんは来ないのかい？」

「どうかしら。凧のお礼に、お昼をご一緒にと誘っておけばよかったわね」

今さらそう思っても、まさか旗本屋敷までのこのこと、声を掛けに行けるわけもない。只次郎と遊びたかったのか、熊吉は「ふぅん」と残念そうに唇を尖《とが》らせる。

「まぁいいや。ね、さっそく飛ばしてみてもいい？」

この変わり身の早さはいかにも子供だ。小熊と呼ばれてから顔つきも声も甘ったれになっているのに、熊吉には自覚がないようだった。


空は青く澄み渡り、見上げていると吸い込まれてゆきそうな好天である。立春を過ぎ、陽射《ひざ》しは春の訪れを感じさせる暖かさ。そのくせ凧はやや強く、絶好の凧揚げ日和《び》であった。

筋違橋門の火除け地である八《や》ツ小路《こうじ》、凧を揚げる子らに交じり、お妙は手の甲で額に浮いた汗を拭《ぬぐ》う。風は冷たいのに着物の中は、脱げば湯気が立つのではないかと思うほど蒸れている。

「んもう、下手《へた》だなぁ。凧は真っ直ぐ持ってってってば」

「ごめんね、小熊。ちょっと待って、息が――」

凧揚げの補助をしてくれろと頼まれて、熊吉の後から凧を持って走り回っているのだが、これがどうもうまくいかない。熊吉がめっぽう足が速く、ついてゆくのに必死で手を放すきっかけが摑《つか》めないのだ。

「お願い、もう少しゆっくり走ってくれない？」そう頼んでみると、「これでもずいぶん手加減してるんだけどなぁ」と溜《た》め息《いき》をつかれてしまった。

そういえば私、足が遅かったんだわ。

大人になってから全力で走ることなどついぞなかったものだから、忘れていた。胸に手を当て、お妙は乱れた息を整える。

恐ろしいことに、同じくらい走っていても熊吉は息切れひとつしていない。男の子を育てるのは大変だと噂《うわさ》に聞くが、つまり活力があり余っているのだろう。

女の子ならせいぜい羽根つきか手鞠《てまり》つき。あとは室内でかるたでもしていればよく、優雅なものだ。

まだ息が上がっているというのに、「ほら、いい風がきてるよ。早く！」と熊吉が急《せ》かしてくる。子供と遊ぶのも楽じゃない。このぶんだと明日の朝には、体の節々が痛むだろう。あらためて、世の母親の偉大さを嚙《か》みしめる。

熊吉はすでに走る気満々で、糸を手繰《たぐ》りながらお妙から離れて行った。しょうがないと諦《あきら》めて、凧を正面に構え直す。

「行くよ！」と声を掛けられ、着物の裾が乱れるのも構わずに走りだした。

当然こちらが風下なので凧がはためき、腕が疲れる。早く放してしまいたいが、失敗すればまた走らされる羽目になる。ここが辛抱のしどころだと堪《こら》えるうちに、手元がふっと軽くなった。

「今だ！」

熊吉の号令で手を放す。風を孕《はら》んだ凧はすいっと宙に舞い上がり、見る間に高く昇って行った。

「よ、よかった」

あとはべつに走らずとも、上空の風を受けて揚がり続ける。お妙はやれやれと着物を直し、糸を繰る熊吉の傍《かたわ》らに並んだ。

「上手ねぇ」

「まぁね」

褒《ほ》めてやると、誇らしげに身を反らせる。俵屋の番頭だった父親に、教えてもらったのだという。凧揚げは男の子の、正月の遊び。「さぁ、もっと速く走れ」と、空き地を駆ける父と子の姿が胸に浮かぶ。

熊吉がやけに張り切っていたのは、その懐かしい思い出を、今も大事にしているからだろう。

「気持ちよさそう」

武者絵に字凧、奴凧。とりどりの凧が空を泳いでいる。家の傍で遊ぼうと、高く揚がったのをそのまま引いてゆく子らもいた。

　親子連れの姿もちらほら見え、かつての熊吉のように父親から指南を受けている光景が微笑ましい。

「いっ、くしゅん！」

　空を見上げていると鼻の奥がむずむずし、お妙は両手で口元を押さえた。

　熊吉が、声を上げて笑いだす。眩《まぶ》しさを感じると、くしゃみが出るのはなぜだろう。

「変なくしゃみ」

「んもう、笑わないでよ」

　熊吉はいったん笑いだすとしつこい。ひぃひぃと息を吐く脇腹《わきばら》を、肘《ひじ》で小突《こづ》く。二人揃《そろ》って凧からは、しばらく目を離していた。

　異変に気づいたのはお妙が先だ。熊吉を窘《たしな》めてから視線を上げると、隣で揚がっていた凧が、くんと引っ張られてこちらの凧に向かってくる。

「危ない！」

　絡まる、と思って声を上げたときにはもう遅かった。凧同士がぶつかって、くるくると糸が絡み合う。そのまま落ちてくるかに見えたが、その前に、熊吉の凧の糸がぷつんと切れた。

「ああっ！」

相手の凧は落下もせず、熊吉の凧を絡め取ったまま浮かんでいる。ひらひらと虚しく舞い落ちてきた糸を手繰り寄せ、熊吉が悲嘆の声を上げた。

見れば糸の先は自然に切れたわけでなく、刃物ですぱりと切られたように尖っている。

「なにすんだ、てめぇ！」

隣で悠々《ゆうゆう》と凧を揚げ続ける少年に、熊吉が食ってかかる。拳《こぶし》を握っているのを見て、お妙は慌ててその肩を押さえた。

凧泥棒の少年は、にやにやと意地の悪い笑みを浮かべている。

さっきまでこんな子供が隣に立っていただろうか。あちらも奴頭の小僧姿、やはり藪入りで気ままに遊んでいるらしい。熊吉よりも二つ三つ年嵩のようで、凧の扱いも手慣れている。

「なんでぇ、怒ることがあるもんか。堀龍の凧といや喧嘩《けんか》凧《だこ》だろ。こうやって遊ぶのが本当じゃやねぇか」

男児の遊びに明るくないので知らなかったが、糸の途中に刃物がついた雁木《がんぎ》を仕込み、相手の凧を絡ませて取るやりかたがあるという。堀龍の凧はそのために横へ移動しやすいよう作られており、ゆえに江戸で一番人気の凧屋なのだ。

男の子も十代に入ると、ただ大人しく凧を揚げているだけでは物足りなくなるのだろう。

「だからって赤の他人の凧を、断りもなく奪い取るのはおかしいだろ！」

よっぽど悔しかったのか熊吉は顔を真っ赤にし、涙さえ浮かべて年長者に抗議する。それでも少年は鼻歌を歌い、ちっとも取り合おうとはしない。

「ごめんなさいね、知らなかったものだから。でもあの凧は知り合いが、この子のために買ってくれたの。返してやってくれないかしら」

お妙が下手に出ても知らぬふり。返すつもりはないらしい。

「あったまきた！　ぶん殴ってやる！」

「こらダメ、小熊！」

この歳ごろの、二つ三つの差は大きい。少年は線は細いが、すでにお妙と同じくらいの身丈《みたけ》がある。腕力勝負となればあまりにも、熊吉には分が悪い。だいいちことが起これぱすぐ手が出るような、乱暴者にはなってほしくない。

お妙に取り押さえられ、熊吉はふうふうと荒い息を吐いている。

「小熊？　なんだおっ母《か》さんにべったりな赤ん坊か。返してほしけりゃ力ずくでやってみろってんだ」

「ダメだったら！」

この少年もまた、どうして喧嘩《けんか》をふっかけてくるのだろう。涼しげな顔立ちをしているのに、癇性《かんしょう》らしく頰が突っ張っている。

もしかして、真新しい凧が羨《うらや》ましかったのかしら。

少年の凧は『寿《ことぶき》』と書かれた字凧だが、ところどころ破れており、絵草紙の切れっ端で繕った跡がある。生家は貧しく、藪入りで帰ってきた息子に新しい凧を買ってやる余裕もないのだ。

周りを見回しても親らしき姿はなく、遊び仲間もおらず一人の様子。この子にも、きっと自棄《やけ》になる事情があるのだろう。

「分かった、じゃああの凧はあげる」

「なんでだよ！」

熊吉が腕の中でじたばたと暴れる。後ろから抱きすくめて頰同士をぴったりつけると、虚を突かれたのか大人しくなった。

「その代わり、もうこんなことはしないと約束してくれる？　喧嘩凧で遊びたいなら、相手の了解を取ってから。でなきゃそのうち、本当にぶん殴られるわよ」

少年はお妙と熊吉を見比べて、嘲笑《あざわら》うかのように鼻を鳴らす。

「ね、しちゃダメよ？」

もう一度念を押す。少年は「はいはい、分かった分かった」と受け流し、くるりと背中を向けてしまった。

三

どうしても納得がいかないのか、熊吉は『ぜんや』に戻っても、むすっと押し黙ったままだった。

新しい凧を買ってあげようと申し出ても首を振り、手土産の羊羹を切ろうかと聞いてもなにも言わない。お妙が争うことをよしとせず、凧を諦めてしまったのが気に食わぬらしい。

「だけどお前、喧嘩になったら負けるでしょう？」

「だとしても、男にはやらなきゃいけないときがあるんだい！」

ようやく口を開いたと思ったら、いっぱしなことを言う。その言い分は認めるが、だとしたらよけいに凧ごときで争っている場合ではない。

だが「譲ることを覚えるのも大事だと思うわよ」と窘めると、ますます不貞腐《ふてくさ》れてしまった。譲れない男の意地は、女からすれば厄介なものでしかないのに、こんな子供のうちから持ち合わせているなんて。お妙はやけに白けた心地になった。

「汗をかいたでしょうから、ひとまず湯に行ってさっぱりしてらっしゃい。戻って来たらお昼にしましょう」

互いに頭を冷やしたほうがいいと判断し、熊吉を風呂屋《ふろや》へと送り出す。

一人きりになって心を落ち着けると、せっかくの一日に味噌《みそ》をつけてしまったことが、申し訳なくなってきた。

きっと初めての藪入りを、熊吉も楽しみにしていたろうに。過ぎてしまったことはどうしようもないが、せめてこの先は気分よくもてなしてやらなければ。なにせ日が暮れる前にはもう、熊吉は俵屋に戻ってしまうのだから。

挽回《ばんかい》しなきゃと襷《たすき》を締めて、調理場に立つ。湯から帰ってきた熊吉は、さぞかし腹を空かせていることだろう。竈《かまど》に火を入れ、お妙は料理の仕上げに取りかかった。

「なんだよ、てめぇ！」

「うるせぇ、てめぇこそなんだ！」

表から子供の言い争いが聞こえてきたのは、料理を切ったり盛ったりしている最中のこと。近づいてくるその声の、片方が熊吉だと悟ってお妙は菜箸《さいばし》を握る手を止めた。

「お妙さん、お妙さん。開けてください」

しかも閉じた引き戸の向こうから、呼びかけてきた声は只次郎のものだ。なにごとかと前掛けで手を拭い、お妙は入り口の戸を開ける。

「ちくしょう、この野郎。放せよ！」

「黙れってんだ、嘘《うそ》つきの泥棒野郎！」

熊吉と摑み合っているのは、先ほど会った凧泥棒の少年だった。殴り合いになる前に、双方の衿首《えりくび》を捉《とら》えた只次郎が「はいはい」と引き離す。これでは引き戸が開けられなかったわけだ、両手が塞《ふさ》がっている。

「さっきそこの火除け地で、喧嘩がおっ始《ぱじ》まったところに出くわしまして」

只次郎の眉間《みけん》には、早くも疲労が滲《にじ》んでいる。宥めてもすかしても収まらない二人を、しかたなくここまで引きずって来たのだろう。大伝馬町のご隠居のところへ、預かっていた愛鳥ハナと、升川屋《ますかわや》の鶯《うぐいす》を返してきた帰りらしい。

「まぁ、それはお手間をかけまして」とお妙は眉《まゆ》を寄せる。

けっきょく引くに引けず、熊吉はまだ火除け地にいた少年に、喧嘩を売りに行ってしまったのか。

非難の色を感じたか、熊吉が「ちがわい！」と声を上げた。

「こいつまた、人の凧を分捕ってたんだ。オイラより小さい子だよ。その子泣いちまってさ。あんまりだと怒るおっ母さんを、こいつ足蹴《あしげ》にしたんだよ！」

ちょうどその場面を目撃し、義憤にかられて突っ込んで行った。私怨《しえん》よりはよっぽど上等である。

お妙は只次郎に首根っこを押さえられたままの少年に目を向けた。

「そう。あなた、おばさんとの約束を守ってくれなかったのね」

「ちょっと、いいかげん放せよ！」

叱《しか》られる気配を察し、少年は逃れようともがく。だがいかに細身の只次郎とはいえ、子供の力にはまだ負けぬ。もう一方の手で手首を取られ、「イテテ」と顔をしかめた。

お妙はずいと歩を進める。ぶたれるとでも思ったか、少年はぎゅっと身を縮こまらせた。

奉公先で厳しく追い回されているのか、頭をかばうように構えた手は、あかぎれだらけでうっすらと血が滲んでいた。

「しょうがない子ね」

すっかり怒る気が失《う》せて、お妙は少年を胸に引き寄せた。この子がほしかったのは、新しい凧ではなかったのかもしれない。

正面から抱きしめられた当人は目をぱちくりさせ、只次郎は羨ましげに口を開け、熊吉は「ちょっと！」と怒りをあらわにする。

継ぎはぎだらけの『寿』と熊吉の『龍』、少年が手挟《たばさ》んでいた二枚の凧が、ばさばさと足元に落ちた。


「なんだよ、なんでこいつまで一緒に飯を食うんだよ！」

小上がりに胡坐《あぐら》をかいた熊吉が、頭から湯気を立てている。会いたがっていた只次郎が床几に掛けているのに、少年が隣にいるせいか、ちっとも近寄って来ようとしない。

「こいつじゃなくて、丈吉《じょうきち》さんでしょ」

そう名乗った少年の前に身を屈《かが》め、白粉《おしろい》問屋の三文字屋《みもじや》にもらった軟膏《なんこう》を、あかぎれの手に塗り込んでやる。さっきまで荒ぶっていた丈吉は、毒気を抜かれて萎《しお》れ返っていた。

「はいこれ、同じものが入ってるから分けてあげる。水仕事の後は、しっかり手を拭わなきゃダメよ」

蛤《はまぐり》の殻に軟膏を詰めたものを手渡す。呆《ほう》けたように顔を見上げてくる丈吉に、お妙は微笑みかけた。

「待ってね、すぐ昼の支度をするから」

「だけど、俺――」

「嫌でなければ食べてって。たくさんあるから」

「いやぁ、すみません。私までご相伴にあずかってしまって」

丈吉に向けた言葉なのに、只次郎がへらへらと笑って首の後ろを掻く。おそらく、わざとだ。厚顔な振る舞いで、子供の遠慮を取り払ってやろうとしている。

「だから、なんでだよ！」

憤《いきどお》っているのは熊吉一人。自分のほうが正しいはずなのに、お妙が丈吉ばかり構うのが気に食わぬらしい。だが昼どきになってもまだ火除け地で凧を揚げ続けていたという丈吉を、空腹のまま追い返す気にはなれなかった。

窮屈そうにしていても、体は正直だ。狙《ねら》いすましたように丈吉の腹が鳴る。

つられて熊吉の腹も鳴り、二人の大人を笑わせた。

「ほら、もう仲良しじゃない」

お妙にからかわれ、熊吉は真っ赤になってそっぽを向いた。

丈吉は、蠟燭《ろうそく》問屋の大隅屋《おおすみや》に奉公しているらしい。

本町《ほんちょう》二丁目にある大隅屋は熊吉の奉公先の俵屋から近く、これを機に親しくなればいいものを、熊吉はついに小上がりで不貞寝《ふてね》をはじめてしまった。

只次郎が質問し、丈吉が言葉少なに答えるのを聞きながら、お妙は熱した胡麻油《ごまあぶら》の中に、俵形にまとめたタネを沈めてゆく。タネは擂《す》り下ろした蓮根とつなぎを混ぜたもの。熊吉ご所望の蓮餅である。

それがカリッと揚がるのを待つ間に、別の小鍋《こなべ》に味つけをした出汁《だし》を沸かし、しっかり泡立てておいた卵を流し入れて蓋《ふた》をする。少し待って火から下ろし、続いてしゅわしゅわと泡を立てている蓮餅を引き上げ油を切った。

「小熊ちゃん、いらっしゃい」

折敷《おしき》の上に料理を並べ、優しく呼びかける。どうせ狸寝《たぬきね》入《い》りのくせに、熊吉は背中を向けたまま。どうか機嫌を直してくれないかしらと、眉を下げる。

そんなお妙の表情を窺《うかが》うように見て、丈吉が「おい」と小上がりを振り返った。

「おっ母さん困らせてんじゃねぇぞ、小熊！」

「お妙おばさんは、おっ母じゃないやい！」

そのとたん、熊吉がぜんまい仕掛けのように跳ね上がる。両目にみるみる涙が盛り上がり、顔は梅干しのようにくしゃくしゃだ。

「オイラのおっ母は、こんなに綺麗じゃないし、料理もいまひとつだし、いい匂《にお》いもしなかったや！　だけど、だけど、オイラだけのおっ母だった！」

最後は叫び声になって、手のひらのつけ根で目元をこする。

熊吉の母親は、熊吉が七つのときに儚《はかな》くなっている。その面影をお妙に求めても、しょせんは他人。「いざというときに味方をしてくれない」と、寝たふりをしながら不満を溜《た》め込んでいたのだろう。

「この人は、ただの親切な姉さん。熊吉は、ふた親を亡くしているんだよ」

只次郎が穏やかに、丈吉に言い聞かせる。お妙と熊吉を実の親子と思い込んでいた丈吉は、こちらも泣くのを堪えるような顔になってうつむいた。

やがて傍らに置いてあった『龍』の字の凧を手に取り、立ち上がる。踏み鳴らすような足取りで熊吉の元に歩み寄り、「ん」と凧を差し出した。

「悪かった」

ぶっきらぼうな言い草だが、詫びたい気持ちは伝わった。

「もういいよ」

泣いてしまったのを恥じているのか、熊吉は赤い目を逸《そ》らして凧を受け取る。ぎこちないが、和解は成ったようだった。

「ところでお二人さん、いいかげん飯にしませんか。せっかくのお妙さんの料理が冷めてしまうよ」

頃合《ころあ》いを見て、只次郎が手を打ち鳴らす。

熊吉も気を取り直し、まだ水っぽさの残る声でへへっと笑った。

「兄ちゃんはまったく、食い意地ばっかだな！」

蓮餅の餡かけ、ヅケ鰤《ぶり》のちらし寿司《ずし》、大根と人参《にんじん》のひらひら煮、浅蜊《あさり》と干葉《ひば》の白味噌仕立て。料理を載せた折敷を小上がりに運ぶ度、「おおっ！」と三人分の歓声が上がる。お妙は込み上げてくる笑みを堪えながら、蓋をした小鍋を最後にすっと出す。

木の蓋を取ると、中を覗き込んだ三人が同時に「うわぁ！」と目を輝かせた。

「なにこれ、ねぇおばさん、なにこれ？」

はじめて見る料理なのか、熊吉が色めき立つ。鍋の中には薄黄色の、ふんわりとした小山ができていた。

「玉子ふわふわよ」

よく泡立てた卵液を出汁に流し入れて蒸らし、ふっくらと仕上げる料理である。木の匙《さじ》で下に張ってある出汁ごと取り分け、ぱらぱらと黒胡椒《くろこしょう》をふっていただく。

「うひゃぁ、柔らかぁい」

「すっげぇ、口の中で溶けちまった！」

熊吉と丈吉は騒がしい。かつて味わったことのない食感に、すっかりはしゃいでしまっている。いかにも子供好きのする味だから、無理もない。

「ふぁ、まさにふわっふわ」

只次郎もひと口食べて目を細める。こちらもご同類である。

「お妙さんも、座って一緒に食べましょうよ。今は居酒屋の女将《おかみ》じゃないんでしょう」

それもそうだ。給仕をするのが習い性になっていて、つい忙《せわ》しなく働いてしまう。共にゆったりと膳《ぜん》を囲むのも、普段奉公人ばかりで飯をかっ込んでいる熊吉には嬉《うれ》しいことに違いない。

「では、お言葉に甘えて」

最後に一合だけ燗《かん》をつけておいたちろりを運び、お妙は草履《ぞうり》を脱いで小上がりに上がった。只次郎の隣に腰を落ち着けて、「どうぞ」と酒を注《つ》いでやる。

もう一方の隣は熊吉、さらにその隣が丈吉だ。酒の香が届いたか、丈吉が微《かす》かに眉を寄せた。

「あのね、これ蓮根なんだぜ。もちっとして旨いから、食ってみな」

物知り顔で熊吉に囁かれ、丈吉は「ああ」と箸を持ち直す。黄金色に揚がった蓮餅は、割るとサクッと音がする。とろみのある餡はまだ冷めていないようで、掬《すく》い上げると湯気が立った。

「うめぇ！　え、蓮根だって？　本当に？」

「だろ、オイラも騙《だま》されて食っちまったんだ」

子供同士、顔を寄せて笑い合う。さっきまでいがみ合っていたくせに、早くも忘れてしまったようだ。喧嘩をしても遺恨を残さず打ち解けられるのは、男の子のいいところである。

「この大根と人参も、箸休めにちょうどいいですね」

只次郎がひらひら煮を口にし、酒を含む。

大根と人参を桂剝《かつらむ》きにしたのを短冊に切って、鰹《かつお》出汁、酒、醬油《しょうゆ》、砂糖で煮たものだ。薄いのを柔らかく煮てあるから味が染み、噛みしめるとじゅわっと口の中に広がってゆく。擂った白胡麻《しろごま》をふりかけてあるので、その上さらに香ばしい。

「ええ、素朴なんですけどね」

お妙は杓文字《しゃもじ》を取って、ちらし寿司を取り分けた。熊吉がすかさず、「あ、オイラんとこに酢蓮根入れないで」と注文をつける。

「食べられるようになったんじゃなかったの？」

「蓮餅はね、大好物さ。でも酢蓮根はさ、蓮根な上に酸っぱいだろ」

ちらし寿司の具材は酢蓮根の他に、錦糸卵《きんしたまご》、芹《せり》、三つ葉、甘酢生姜《しょうが》、そして半刻《はんとき》（一時間）ほど醤油ダレに漬け込んでおいた鰤である。冬の間に身に蓄えた脂《あぶら》が、醤油でまろやかになりねっとり旨い。

「まぁそう言わず、一つ食べてごらんなさいな」

「そんなぁ」

熊吉は差し出された小皿を受け取り、悲しげに眉を下げた。それでも嫌なことは先に済ます性質《たち》なのか、箸で酢蓮根をつまみ上げる。しばらく穴の数でも数えるように注視して、覚悟を決めたか鼻をつまんでひと口齧《かじ》った。

「あれ、酸っぱくないや」

しゃくしゃくと、いい音を立てて咀嚼《そしゃく》する。子供は強い酸味が苦手。だが思っていたより鼻につんとこなかったようで、おやと首を傾《かし》げている。

「ああ、これは爽《さわ》やかないい風味。橙《だいだい》ですね」

「はい、そのとおり」

正解を言い当てた只次郎に頷《うなず》き返す。

酢飯にも砂糖と塩を溶いた橙酢を使っており、米酢のようにつんとくる香りはない。むしろ軽やかに鼻に抜け、体が浮き上がるような心地さえする。

「うん、これなら食える」

熊吉はふた口、三口と続けざまに齧り、すっかりひと切れ食べてしまった。これなら蓮根嫌いを完全に克服する日も近いだろう。

「ああっ、鰤に芥子《からし》がまた合う！」

只次郎のちらし寿司には、練り芥子を添えておいた。案の定身悶《みもだ》えする若侍に、お妙は内心ほくそ笑む。鰤の漬けダレはやや甘めにしておいたので、緩めに溶いた芥子とは相性抜群だ。こちらは大人の味である。

お妙は上方ではよく飲まれている、白味噌仕立ての汁を啜《すす》った。千葉とは大根の葉を干したもの。浅蜊の出汁がよく出た甘めの汁に、ぴりりとした辛《から》みがめりはりをつけている。

料理にひと通り箸をつけ、丈吉が呆《ほう》けたように顔を上げた。

「俺、こんなに旨くて豪勢なもん食ったのはじめてだ」

「そう、よかった。まだお汁粉があるから、少しお腹を残しておいてね」

「汁粉！」と喜色を浮かべたのは熊吉だ。食べるのに忙しく、頬に飯粒がついているのに気づかない。

「小熊ちゃん、お弁当」

お妙はそれを指先でつまみ、ぱくりと食べた。

「んもう、なにすんのさ」

丈吉の手前、熊吉はおおいに照れて、耳の先まで真っ赤に染める。

「いいなぁ、それ」と、指をくわえんばかりの只次郎。

丈吉もまた、焦がれるような眼差《まなざ》しでこちらを見ていた。

「どうしたの？」と問いかけられ、卒然と目を瞬《しばた》く。

「いや、あの」

しばし口ごもり、喉《のど》に絡むような声で呟《つぶや》いた。

「俺も、おっ母がいないんだ」

四

丈吉が大隅屋へ奉公に出るようになったのは、昨年三月のことだった。

七月の藪入りにはまだ元気そうだった母親は、そのふた月後に、呆気《あっけ》なく息を引き取った。胸に硬いしこりができていたのが悪かったのだろうと、見立てた医者も藪だから、本当のところはよく分からない。

ただ周りをパッと明るくするあの笑顔が、二度と拝めないことはたしかだった。

貧乏長屋にはもったいない、野に咲く菫《すみれ》のような人だった。美しいのに踏まれても強く、内証をきりりと取り仕切っていた。

そのぶん夫の情愛は厚く、妻を亡くした悲しみは日ごとに降り積もってゆく。手元に息子もいないので、昼夜を問わず酒に溺《おぼ》れるようになってしまった。仕事にも、しばらく行っていないらしい。母の葬儀以来久しぶりに帰った丈吉は、荒れた部屋を前に愕然《がくぜん》とした。

「おっ父も、実入りは悪いけど働き者で優しかったんだ。それなのに、骸骨《がいこつ》みてぇに瘦《や》せちまってよ。俺のなけなしの小遣いむしり取って、酒買いに行っちまった」

部屋に一人取り残された丈吉の目に、飛び込んできたのは長押《なげし》に引っかかっていた凧だった。昨年の正月に、親子三人で揚げた凧だ。引き裂かれた幸福な日々と同様に、それはところどころ破れていた。

酒臭い息を吐きながら帰ってくる父を、一人で待っていたくはない。だから丈吉は思い出の凧を繕い、火除け地に出て来たのだった。

汁粉を食べ終えてからぽつりぽつりと身の上を語り、疲れたように息をつく。「すまなかったな」と熊吉に笑いかける丈吉の目が、急に歳を取ったように見えた。

「そんなわけだからおっ母さんといる子が妬《ねた》ましくって、つい意地悪をしちまった。本当に、悪かった」

お妙とて、どうして私ばかりがこんな目にと、世を呪《のろ》わなかったわけではない。ふた親を亡くしてしばらくは、一人生き残った我が身を恨みもした。だがそんなふうに卑屈になることを、お勝が許してくれなかった。

「てめぇを不幸せだと思って生きるなんざ、ちゃんちゃらおかしいねぇ。お父《と》っつぁんもおっ母さんも、あんたの幸せを望んでる。だけどあんたを幸せにできるのは、あんただけだよ。分かるだろ？」

そうやって導いてくれる大人が、丈吉の周りにはいないのだ。

「あの様子じゃおっ父も、先は長くねぇだろな。ざまぁねぇ」

まだ子供なのに、張りつめた頬を歪《ゆが》めて笑う。そんな無理はしなくていい。

こうして出会ったのもなにかの縁だ。これまでお勝や亡き善助《ぜんすけ》にしてもらってきたことを、返してゆく頃合いなのかもしれない。

空になった汁粉の椀《わん》を重ね、かけるべき言葉を探す。だがお妙が口を開く前に、熊吉が身を乗り出した。

「なぁ、あんたん家《ち》はどこだい？」

「お玉《たま》ヶ池《いけ》近くの、松枝町《まつがえちょう》だけど」

「なんだ、近いじゃねぇか。よし行こう」

そう言って、小上がりからぴょんと飛び下りる。面食らったのは大人たちだ。

「おい熊吉、どうする気だい？」

雪駄を履き、今にも駆けださんばかりの熊吉を、只次郎が呼び止める。

「どうって、丈吉のお父っつぁんを叱ってやるんだ」

「お前さんが？」

「そうさ。死んじまった人にはもうなにもしてやれねぇ。だけどこいつのお父っつぁんは、生きてんじゃねぇか」

丈吉はまだ小上がりに座ったまま。熊吉は焦《じ》れたように、その袖を引く。

「さぁ、早く」

「無駄だ。おっ父にはもう、俺の声なんざ聞こえちゃいねぇ」

「だったら聞こえるまで叫ぶんだ。病でもないお父っつぁんを、みすみす死なせちまうことはねぇ」

熊吉の父親は、一昨年の冬に悪い風邪《かぜ》にかかって死んでしまった。その別離の記憶が、まだ間に合うと彼を急《せ》き立てるのだ。

「な、だから行こう?」

熊吉に再度促され、丈吉は言葉に詰まる。唇を噛みしめて、紐《ひも》で引かれたようにこくりと頷いた。

「待って、私も行くわ」

丈吉の父親が、どういう人物かは分からない。子供たちだけで行かせるのは心配だ。こちらに構わず二人連れ立って出ようとするのを、お妙は慌てて追いかけた。

お玉ヶ池は、神田川の向こう岸。かつては不忍池《しのばずのいけ》ほどの大きさだったというが、徐々に埋め立てられて小さくなり、その跡が武家地や町人地となっている。

松枝町はお玉ヶ池のほとりに建つお玉稲荷《たまいなり》のすぐ向かい。旗本屋敷と町人地の境にあった。

無駄口を叩《たた》かず歩く少年たちの後を、お妙も黙ってついてゆく。

丈吉の父が暮らすのは、風の通らぬ棟《むね》割《わ》り長屋。それでも正月とて、家々の戸口に貼《は》られた障子紙はまだ新しい。だが丈吉が足を止めた部屋の障子は、風雨にさらされくすんでいた。

「わ、危ねぇ」

「おっ父め、通い徳利《とっくり》を落っことしやがったな」

引き戸の前に、割れた瀬戸物の欠片《かけら》が散らばっている。踏んでしまわぬよう足で脇によけてから、丈吉は無造作に戸を引き開けた。

人の汗を煮詰めたような、酸っぱい臭いが鼻をつく。洗ってなさそうな下帯が、足元でとぐろを巻いていた。

四畳半の長屋に仕切りはない。押し込みに遭った後のように散らかった室内の、敷きっぱなしらしき布団に身を起こし、親子縞の単衣を着た背中がこちらを向いていた。

「今帰《けえ》ったよ――」

土間に足を踏み入れた丈吉の肩が、びくりと揺れる。父親の手元になにか、光るものが見える。小刻みに震える手、その中にあるのは剃刀《かみそり》だ。枕元《まくらもと》にぽたぽたと、真っ赤な血が滴っている。

「おっ父！」

雪駄を脱ぎ散らかして、丈吉が座敷に駆け上がる。まだ華奢《きゃしゃ》な手で、後ろから父親の右手首を押さえた。

「あ？」

間の抜けた声を出して振り返った父親は、もう一方の手に鏡を構えている。

「なんでぇ、刃物を持ってるときに危ねぇじゃねぇか」

ぼうぼうに伸びてしまった髭を、剃ろうとしていたらしい。刃が滑ったのか顎《あご》から血を流しており、「いてて」と軽く顔をしかめた。

「は、なんだ。俺ぁてっきり」

腰が抜け、丈吉はその場にへたり込む。安心したとたんに腹が立ってきたらしく、

「紛らわしいことしてんじゃねぇよ！」ときゃんきゃん吠《ほ》えた。

困ったように頰を搔く、父親の顔に見覚えがあった。亡者のようにやつれた姿。お妙は「あ」と口元を押さえる。

いつか新堀端の寺で肩をぶつけた、酒浸りの男だった。あのときは、妻の墓参りだ

ったのだろうか。

戸口に立つ見知らぬ女と子供に気づき、父親は呑気《のんき》に首を傾げた。切れた顎が痛々しく、剃りかけの髭は不格好だ。

それでもきっと、この人はもう大丈夫。こないだとは顔つきが違っている。

そう思い、お妙はふっと頬を緩めた。


「いやもうホント、うちの倅《せがれ》が世話んなって」

欠けた茶碗《ちゃわん》に水を汲《く》んで出し、「こんなもんしかなくて」と父親が頭を下げる。

部屋は散らかったままだが布団はひとまず畳んで脇に寄せ、下帯も片づけてもらった。竈には長らく火が入った様子はなく、火鉢の中の炭も乏しい。暖を取るため杓文字や箸を燃やしたらしく、焼け残りが底に溜《た》まっていた。

「飯まで食わしてもらったとかで、なんと礼を言っていいか」

「そんな、たいしたことじゃありません。顔を上げてください」

それでも丈吉の父親は、畳に額をこすりつけたまま。肩が小刻みに震えているのを見て、お妙はしばらくそのままにしておくことにした。

意気込んでここまで来たのに、熊吉は先ほどからじっと押し黙っている。この人に説教はもう必要ないと、子供心に分かっているのだろう。

誰に言われるまでもなく、髭を剃ろうと思い立ったのだ。真人間にならねばと、危ういところで踏み止《とど》まった。通い徳利は落としたのではなく、酒は二度と飲むまいという決意で割ったのである。

「丈吉も、すまなかったなぁ。せっかく帰ってきたのに、なんのもてなしもしてやれなくて。お父っつぁんこれからは心を入れ替えるから、許しておくれ」

ようやく顔を上げた父親は、髭がなくなったぶん、よけいに痩せて貧相に見える。だがその目には光が戻り、しっかりと現を捉えていた。

「これ、返すな」と丈吉に握らせた銭は、奉公先からもらった小遣いだ。一銭も減っていなかったらしく、丈吉は指で目頭を拭った。

通い徳利を持って酒屋へ向かう道すがら、小僧姿の子供とその親が連れ立って、蕎麦がいいか鰻《うなぎ》がいいかと昼飯の相談をしているのにすれ違った。そこで父親はハッと我に返ったという。

ああ、俺ゃなにをしてるんだ。立派に奉公している息子が、久しぶりに帰ってきたんじゃないか。死んじまった母親のぶんまで温かく迎えてやんなきゃならなかったのに、その小遣いまで飲んじまうところだった。

これじゃいけねぇ。あいつのおっ母にあの世で顔向けできねぇ。そうだあいつは俺たちの、大事《でえじ》な大事なひと粒種じゃねぇか。

「すまねぇな、すまねぇな」

父親は丈吉の手を握って繰り返す。丈吉はうつむいて、「うん、うん」と膝に涙をこぼした。

隣に座る熊吉が、お妙の袖をきゅっと掴む。

亡き父が、急に恋しくなったようだ。お妙はそっと微笑んで、男の子らしくなってきた手を柔らかく握り返した。

丈吉たちの長屋を辞すると、すでに俵屋へ戻らねばならぬ刻限が迫っていた。

芝居にも見世物小屋にも連れて行ってやれなかったと、悔やむお妙をよそに熊吉は存外あっさりしたものだ。

「おばさん、オイラこのままお店に戻るよ」と言うので、せめて送ってゆくことにした。

日本橋へと続く大通りに出ると、同じように母親に伴われ、奉公先へと向かう子供たちの姿がぽつぽつ見える。本当はもっと甘えたいのに、おっ母さんに心配をかけまいと、気丈に振る舞っている様子が健気《けなげ》だった。

熊吉も、これ以上お妙といて離れがたくなるのが嫌なのかもしれない。本石町にどんどん近づいているのにちっとも喋《しゃべ》ってくれようとせず、「そういえば小僧仲間の長《ちょう》吉《きっ》ちゃんは元気?」と尋ねても生返事を返すだけ。

まったくなにを考えているのか。心身の成長に伴って、ますます分からなくなってゆくのだろう。

「あのさ、丈吉の奉公先の大隅屋って、評判悪いんだ」

神田堀に架かる今川橋《いまがわばし》に差しかかったあたりで、ようやく口を開く。ホッとしたが、お妙は「そうなの」となに食わぬ顔で相槌《あいづち》を打った。

「俵屋と近いからね、噂が耳に入るんだ。主人がケチとか、お内儀さんの人当たりがきついとか。だから奉公人の入れ替わりも早いよ」

丈吉の、あかぎれだらけの手を思い出す。小僧のうちはあかぎれを作るものだが、それにしてもひどかった。

「そんなお店で頑張ってて、やっと藪入りだと喜んだのに、お父っつぁんが酒浸りになってんだ。丈吉は辛《つら》かったろうなぁ」

愛想がないと思ったら、そんなことを考えていたのか。熊吉も、人の気持ちを慮《おもんぱか》れるようになってきたのだ。

「おばさんは、そういうのが分かってたから最初っから丈吉に優しかったの？」

「さぁ、どうだろう」

母親と一緒にいる子の佩ばかりを狙っていたようだから、おっ母さんを亡くしたか、捨てられたかしたのだろうとは思っていた。でなければそれを差し置いて、飯を食わせるような真似《まね》はしない。

「火除け地にはさ、お父っつぁんに佩を教えてもらってる子もいたでしょう」

「ええ、いたわね」

「オイラそれを見て、いいなぁと思ったんだ。オイラにもあんなころがあったのになあって。でもね、妬ましいとは思わなかった」

丈吉は、おっ母さんといる子が妬ましかったと言っていた。

お妙は黙って頷き、続く熊吉の言葉を待つ。頭の中で考えをまとめていたようで、しばらく間を置いてから熊吉は、「それってさ」と切り出した。

「オイラが俵屋さんやおばさんや、武家の兄ちゃんやらに、優しくしてもらってるからだよね。おっ父とおっ母がいないのは寂しいけど、それでもオイラが幸せだからだよね」

素直な言葉に胸が詰まる。この子はこんなに小さな頭で懸命に考えて、お妙がお勝に諭されるまで気づけなかったことを、もう知っている。

「不幸せな人ってさ、失《な》くしちまったものの数ばっかり数えてんだ。たとえば二文落としたら、手元に五文入ってきても、ずうっとあの二文があったらって悔やんでる。なんかそれ、馬鹿らしいよね」

子供というのは不思議だ。無邪気だったり憎たらしかったり、煩《うるさ》かったりするくせに、たまに賢者の顔をする。

そうね。私はずっと、馬鹿らしいことをしてきたんだわ。

空は変わらず晴れており、西日がずらりと立ち並ぶ大店の甍《いらか》を茜色《あかねいろ》に染めている。昼と夜のせめぎ合う、胸に沁《し》み入る光景だ。この世は辛く苦しいものだけど、ふと周りを見回せば、こんなにも美しい。

「だからおばさん、ありがとね。おばさんは、おっ母じゃないけどさ――」

そう言いながら、熊吉は俵屋へと続く角を曲がる。丸に薬と染め抜いた暖簾《のれん》がかかる店の前に、なぜか主人が立っており、お妙と熊吉の姿を認めると穏やかに微笑んだ。

「いつかオイラの、家族になってよ」

「えっ？」

どういう意味だ。尋ねようにも熊吉はすでに奉公人の顔になっており、主人に向かって「ただ今戻りました」と腰を折る。

薮入りの礼を述べる横顔が、一瞬大人の男に見え、お妙は何度も目を瞬いた。

五

「おや、熊吉はもう俵屋に戻っちゃったんですか」

熊吉を送り届けて店に帰ると、只次郎が小上がりで、切れた凧の糸を繋いでいた。

丈吉の長屋へと向かう熊吉たちを慌てて追いかけたせいで、すっかり留守番をさせてしまった。いくら気安い只次郎でも、これはあまりに申し訳ない。

「すみません、遅くなりまして」

「いえいえ、構いませんよ。私はどうせ暇ですし」

鶯の鳴きを早めるための「あぶり」の時期も終わり、只次郎はゆったりと構えている。いつの間に入ってきたのか膝の上では、シロと名づけられた猫が寝息を立てていた。

「嫌だ、その猫。私にはそんなことしないのに」

「そうなんですか。勝手に乗ってきましたよ」

只次郎ときたら大店の旦那衆には可愛《かわい》がられ、子供たちには親しまれ、なんと猫にまで懐かれるのか。べつに懐かれたいわけではないが、餌《えさ》をやっているのは私なのに。お妙はなんだか腑《ふ》に落ちない。

「首尾はうまく行きました？」

「ええ。お酒、もう一合つけましょうか」

「じゃ、お願いします」

只次郎の置き徳利からちろりに酒を注ぎ、銅壺《どうこ》に沈める。そうやって立ち働きながら、丈吉の父親の話を語って聞かせた。

「ああ、じゃあ熊吉は出番がなかったわけですね」

「そうなんですが、なにか悟ったようで」

「妙に鋭いところがありますからね、あの熊公は」

酒が温まるのを待つ間に板わさを切り、山葵醤油《わさびじょうゆ》を添えて出す。留守番をさせた詫びに、もう一品作って出そうと調理場へ引き返しかけると、「いやいや、もういいです」と引き留められた。

そういえばお妙も昼をたらふく食べており、ちっとも腹が空いていない。最後の汁粉に白玉を、六つも入れてしまったのはやりすぎだったかもしれぬ。

「実はお妙さんに話があって、こうして待っていたんです」

「あら、そうでしたか」

あらたまって、なんだろう。だが小上がりの脇に立ち、聞く態勢に入っても、只次郎はなかなか話しだそうとしない。

これでは酒が熱くなりすぎてしまう。いったん離れようかとも思うが、只次郎はやけに神妙な顔をしている。

やがて「佐々木様が」と、喉から絞り出すように呟いた。

ついに評定所から呼び出しがかかったのだろうか。長かった。これでやっと霧が晴れ、すべてが明らかになるのだ。

「預かり先で、亡くなりました」

「えっ」

「病死だと、聞いています」

お妙は前掛けをぎゅっと握りしめる。足の裏が縫いつけられたように、その場から動けない。ああ、お酒が沸騰してしまう。

只次郎もお妙も言葉を継げず、銅壺の湯の沸く音だけが、やけに大きく響いていた。

朧月

一

風に乗って鼻先に、梅の香りが運ばれてきた。

林只次郎は手元の書きつけから顔を上げ、匂《にお》いの元を目でたどる。

如月《きさらぎ》も半ばとなれば、そろそろかと桜の開花が待たれる頃合いなのに、春とは名ばかりで今年はまだ雪のちらつく日さえある。隅田堤《すみだづつみ》の桜並木はまだ寒々として、風が吹き抜けてゆくばかり。だが少し先にある荒れ果てた旗本屋敷の跡には、破れ塀越しに、紅い梅の花が夢見るような顔を覗《のぞ》かせていた。

向島《むこうじま》の、このあたりは寺島村《てらじまむら》というらしい。百姓家と田地、それから寺社ばかりの鄙《ひな》びた土地だ。下肥《しもごえ》と土の入り混じったにおいが微《かす》かに漂ってくる中で、一服の清涼剤のごとき梅の香りであった。

ホー、ホケキョ。どこからともなく鶯《うぐいす》の声がする。飼い鶯ではなく、自然の中に暮らす藪鶯《やぶうぐいす》だ。

只次郎はほんの遊び心でさらさらと、帳面に筆を走らせる。『藪鶯、乙ナリ』

「ああ、林様。どうぞどうぞ、こちらです」

旗本屋敷跡の隣の百姓家から、見知った町人風の男が出てきた。広い額に、鳩《はと》のごとく真ん丸な目。只次郎が世話になっている、本郷《ほんごう》一丁目の鳥屋の主《あるじ》だ。

この主人を肝煎役《きもいりやく》として、ここ向島で鶯の鳴き合わせの会が開かれているのである。声の品定めをするのは、江戸市中の主な鳥屋二十軒。只次郎の愛鳥ルリオはかつてこの会で、三年続けて順の一（一位）を取っている。今年はぜひにと請われて只次郎も、品評に加わることとなった。

「どうです、これまでにいいのはおりましたか？」

「ええ、見どころのあるのが二、三羽というところでしょうか」

鳴き合わせをする鶯は、ひと所に集めると声を張り合わせて疲れきってしまうため、江戸の外れの百姓家に頼んで一羽ずつ置かせてもらっている。評定側はそれを一軒ずつ聴いて回り、鳴き声の具合を書き留め、その後話し合って鶯の品位を決めてゆく。

本郷の鳥屋の主もまた、家々を回っているところ。ちょうどこの家にいる鶯の声を、聴いてきたところなのだろう。

「なるほど、なるほど。ちなみにここの鶯、かなりいいですよ」

「やめてくださいよ、そういう前評判を入れるのは」

純粋に鶯の声だけで優劣を決めるため、評定者には飼い主がどこの某《なにがし》かも分からないようになっている。他の者がどう感じたかも、できうるかぎり知りたくはない。

「あいすみません。ではまた、後ほど」

おもねるように腰を折り、どうぞと道を譲られた。この家は豪農の類《たぐい》に入るのだろう。茅葺《かやぶき》の家屋の前には庭があり、敷地内に土蔵まで有している。

一礼をして鳥屋と別れ、只次郎は「ごめんください」と百姓家の土間に足を踏み入れた。


丁寧に掃き清められた土間は、囲炉裏を切った板敷きの間に面している。背を丸めて囲炉裏の灰を搔《か》き回していた初老の男が、「へえ」と小さく頭を下げた。

この男が家の主なのだろう。見苦しくはない紬《つむぎ》の小袖《こそで》に、袖なし羽織を合わせている。それとは別に板間の縁《へり》に腰掛けて、二本差しの侍が傍らに置かれた鶯の籠《かご》に見入っていた。

歳《とし》のころは二十代後半というところ。結城《ゆうき》紬の小袖に川唐《かわとう》の冬袴《ふゆばかま》、打裂羽織《ぶっさきばおり》を身に着けて、身分卑しからぬ風体である。何者かと訝《いぶか》っていると、「や、拙者には構わずに」と向こうから微笑《ほほえ》みかけてきた。

「鶯の声に誘われて、たまたま立ち寄ったまでのこと」

そうは言っても近隣に目ぼしい武家屋敷などなく、無理のある言い訳である。おおかた飼い鳥を心配して、飼い主が様子を窺《うかが》いに来たのだろう。表向きは、その言い訳を信じておくことにした。

「左様ですか。では某《それがし》も堪能《たんのう》させていただきます」

竹ひごで作られた籠の中で、一羽の鶯が黒い目をくりくりと動かしている。形のいい雄である。いかほども待たずに喉《のど》を開き、ホーホケキョと大きく鳴いた。

「おお」

思わず感嘆の声が洩《も》れる。鳥屋の主の評判どおり、これはかなり筋がいい。

只次郎は目を瞑《つぶ》り、律《り》中呂《ちゅうろ》（上中下）と鳴き分ける様に耳を傾けた。いずれも節回しが申し分なく、声もよく伸びている。惜しむらくは呂音のときに、結びの「ケキョ」が若干潰《つぶ》れて聞こえることだが、耳が肥えていなければ気づかぬほどであろう。

これまで聴いた中では間違いなく一番だ。中にはルリオの弟子である三文字屋の鶯も交じっており、出自を隠されていてもさすがに声で分かったのだが、残念ながらこの鶯のほうがさらにいい。

いいものを聴かせてもらったと、口元にじわりと笑みが広がる。只次郎としては三文字屋の鶯が勝ってくれたほうが、ルリオの評判が上がって商売繁盛に繋《つな》がるのだが。飼い主の丹精が分かるだけに、正当な評定を下さぬわけにはいかない。

只次郎は帳面に『優鳥《ゆうちょう》ナリ』と書きつけて、声の調子を線で記した。これを元に上位六鳥の品位を決めるのだ。

品に入った鶯の飼い主は、身分に応じて謝礼を払う。賞金が出るのではなく逆に支払うのだが、つまりは名誉を買うのである。その謝礼によって、鳴き合わせの諸費用が賄われている。

「あの、失礼ながら鶯の上手の林様とお見受けいたしますが」

侍が話しかけてきたのは只次郎が鶯の評定を終え、筆を矢立《やたて》に戻したときだった。

己の名前に「鶯の上手」という枕詞《まくらことば》がついているのに面食らい、只次郎は目を瞬《しばたた》く。

「いかにも林にござりますが、そこもとは?」

「ああ、失礼仕《つかまつ》った。某はさる家の用人《ようにん》で、柏木《かしわぎ》と申します」

用人といえばその家の庶務を司《つかさど》る者で、およそ三百石級以上の旗本でなければ持つことができない。ならば柏木とやらの主君は、百俵十人扶持《ぶち》の林家よりもはるかに身分が高いはず。

「それは無礼仕りました。なれど某をご存じとは」

「ご謙遜《けんそん》を。江戸の鶯飼いの間で存じ上げぬ者などおりますまい」

これは語るに落ちたというもの。やはりこの鶯の飼い主は柏木だ。あるいは主君のために面倒を見ているのかもしれないが、相手が只次郎と知って目を輝かせている様は、かなりの鶯好きに違いあるまい。

「噂《うわさ》に聞くルリオも、この鳴き合わせに出ておられるのですか」

「いいえ。ならば某、評定の役目には就いておりませぬ」

「それはまこと残念な。一度でいいから、かの金声《きんせい》を拝聴したいと願っているのですが」

もったいぶるわけではないが、ルリオはもはや若くない。鳴き合わせの会は体の負担が大きかろうと、今後も出さぬつもりである。

そのように伝えると柏木は、「そうなのですか」と見るからに肩を落とした。なぜだか妙に、悪いことをしてしまった心地になる。

「しからば拙宅においでになりますか。むさ苦しいところにございますが」

「えっ、よろしいので？」

只次郎の苦し紛れの誘い文句に、柏木は素直に喜色を示した。

すべての鶯の声を聴いて回り、鳥屋たちとの衆議の末に、順の一を取ったのはやはり柏木の鶯だった。

二位にあたる東の一は、三文字屋の鶯である。鼻の横の大きなホクロをうごめかせ、三文字屋は「嬉《うれ》しさ半分、悔しさ半分というところですな」と苦笑した。

会が終わり品評に出されていた鶯は、すべて飼い主に持ち帰られ、百姓家への謝礼を済ませてから、評定者ばかりでささやかな酒宴が開かれた。その場でも只次郎はルリオをもう人前に出す気はないのかと問い詰められたが、笑って聞き流すことにした。

二

明けて翌日。仲御徒町《なかおかちまち》の林家の拝領屋敷に柏木が顔を見せたのは、昼四つ（午前十時）過ぎのことである。さっそく離れに上がってもらい、火鉢に沸いた湯で只次郎手ずから茶を淹《い》れた。

「なにかと不調法《ぶちょうほう》で、申し訳もございませぬ」

「いえ、拙者こそすっかりお言葉に甘えてしまいました。小十人《こじゅうにん》の頭が変わって、林様のご家中もお忙しいのではないですか」

柏木は如才なく、家中のことまで気遣ってくれる。

父の上役である小十人頭の佐々木様が亡くなってから、早いものでひと月ばかりが経《た》っていた。その抜けた穴はすぐさま埋められ、もはや何事もなかったかのような日々に戻っている。書院番《しょいんばん》から上がってきた後任者は温厚な人物らしく、身勝手なところのあった佐々木様よりやりやすいと歓迎されているようだ。

一千石の旗本とはいえ、人が一人急死したところで社会は問題なく回ってゆく。佐々木様の死因についても、深く追及されはしなかった。

吟味方《ぎんみかた》与力の柳井《やない》殿からは、前々から胸が悪く、血を吐いて亡くなったらしいと聞かされている。だがそれは本当だろうか。柳井殿とて人伝《ひとづて》に聞いた話、まるで信じてはいないようだった。

昨年の七月、只次郎は佐々木様と直《じか》に会って話をしている。胸が悪かったのなら、そのころからすでに予兆があったはず。だがそのような素振りはまったく見受けられなかった。

只次郎の頭の中には、物騒な想像が渦巻いている。佐々木様は、殺されたのではあるまいか。だとすればおそらく、毒であろう。

評定所に呼ばれて佐々木様の悪事が露見すれば、親戚《しんせき》筋にまで累が及ぶ。ゆえにその身柄を預かっていたご親族が、手を下したとも考えられる。佐々木家の跡目は十四歳のご嫡男が無事に継がれ、むろんこれといったお咎《とが》めもない。

その一方で佐々木様の取り調べが済むまではと生かされていた駄染《だぞ》め屋が、速やかに処刑された。牢内《ろうない》で首を落とされたため、その最期は窺い知れないが、もはやこれで佐々木様がお妙に目をつけて人まで殺させたわけを、追うことができなくなってしまった。

「しかたないですね」と、お妙に悲しげな顔をさせてしまったことが悔しい。どうにか他に手がかりを見つけることはできないか。只次郎が請われるままに鳴き合わせの会の評定を引き受けたのは、そのためだった。

ご親戚の預かりとなる前に、佐々木様が誰かに贈ったであろう二羽の鶯。只次郎が育てた雛《ひな》たちが、品評に出されやしないかと思ったのだ。出ていれば必ず声で分かる。近ごろ愛好者の間で「ルリオ調」と呼ばれている美声である。

だが結果は空振りだった。雛たちの行方は、杳《よう》として知れない。

「どうなさいました、林様」

柏木の訝しげな声に、只次郎はハッと我に返る。

これはいけない、つい物思いに引き込まれてしまった。

「いや、失礼。某は気軽な部屋住みの身にて、世情には明るくないもので」

「なぁに、風流に生きるお方というのは、そうしたものでございましょう」

日ごろ親しい者には「商人になりたい」と公言している只次郎である。たまたま拾ったルリオが美声だったというだけで、風流とは程遠い自覚はあり、「はぁ」と応じる声も気の抜けたものになってしまう。

「拙者にも、ぜひとも手ほどきをと思いまして。さぁ、どうですおひとつ」

そう言って柏木は、傍らに置いてあった風呂敷《ふろしき》包みをずずいと前に進ませた。器用そうな指先で結び目を解く。中から現れたのは酒、それも上諸白《じょうもろはく》の入った徳利《とっくり》であった。

火鉢にかけた土鍋《どなべ》の中で、豆腐がくらくらと煮えている。立ち昇る湯気のおかげで、食べる前から寒さに縮こまっていた体がほぐれてきた。

「こんなものですみませんが」

同じ鍋で温めた燗《かん》徳利を差し出して、柏木の盃《さかずき》に注《つ》いでやる。ただの湯豆腐といってもお妙なら、薬味やタレにもうひと手間かけることだろう。だが男二人の差し向かい。薬味は葱《ねぎ》だけ、味つけも醬油《しょうゆ》だけ、なんとも味気ないものである。

「いえ、上等にござります。拙者、豆腐が一番の好物ゆえ」

その言葉に嘘《うそ》はなさそうだ。湯の中で揺らぐ豆腐を見て、柏木が生唾《なまつば》を飲んでいる。

昼も近く、只次郎とてそろそろ腹が空《す》いてきた。

「それはなにより。ああ、旨《うま》い酒ですね」

「伊丹《いたみ》の剣菱《けんびし》にござります」

酒問屋の升川屋が差し入れてくれる酒は、ご新造《しんぞ》のお志乃《しの》が灘《なだ》の造り酒屋の出とあって、灘目の酒であることが多い。先月そのお志乃が無事男の子を産み、祝い酒が振る舞われた。それも灘の白鶴《はくつる》であった。

伊丹の酒は新興の灘より歴史が古い。そのぶん落ち着いた風味が感じられる。ルリオの声を肴《さかな》に飲むつもりで、柏木は手土産を酒にしたのだろう。この男のほうが、よっぽど風流人である。

柏木は酒をひと口含んでから、急にそわそわしはじめた。

「して、ルリオはいずこに？」

「え、今ご用意いたします」

この先のルリオの仕事は、初夏に生まれる雛たちの鳴きつけだ。春のうちに鳴きすぎて疲れが出てしまわぬよう、籠桶《こおけ》に入れて障子戸を閉めてある。只次郎は立ってゆき、箪笥《たんす》の上に置いてあった籠桶の、障子を静かに開けてやった。

突然昼の明るさの下にさらされて、ルリオはつぶらな目で只次郎を見返してくる。鳴いてもいいのかしらという顔で、二本の止まり木の間を行き来する。

只次郎が背を向けて元の場所に座り直すと、ようやく「ホー」と声を長く引いて歌いだした。たっぷり溜《た》めてから、「ホケキョ」と結ぶ。心が洗われるような声である。

柏木は好物だという豆腐を食べる手を止めて、ぽかんと口を開けていた。

ルリオは構わず続けざまに、春の喜びを歌い上げる。見事な鳴き分け、声の張り。聴き慣れている只次郎でさえうっとり聴き入るほどなのだから、はじめて聴いた柏木は言うまでもない。

もはや息をするのさえ忘れている様子。「冷めますよ」と声をかけてやると、湯豆腐の器と箸《はし》を持ったまま、柏木はようやく息を吐き出した。

「いやまさか、これほどとは」

よほど感動したのか、声が震えている。只次郎は「大袈裟《おおげさ》な」と笑い飛ばした。

「そこもとの鶯とて、順の一ではございませんか」

「ええ。なれどそれもルリオが不参加だったればこそと、あらためて思い知らされました」

素人が聴いても柏木の鶯とルリオの声に、そこまでの差は感じないだろう。実際に、ほんのわずかな差なのである。だが高みにあればあるほど、その「わずか」を埋めるのは至難の業となってくる。

「ルリオが公方様《くぼう》の剣術指南役とすれば、拙者の鶯はせいぜい町道場。いやはや、お見それいたしました」

声の違いの分かる者に、ここまで褒められて只次郎も悪い気はしない。「いえいえ、そんな」と一応謙遜して見せる。

「近ごろは変わった鳴き口の鶯を作るのが流行《はや》っておりますが、つまるところは持って生まれた声のよさ。拙者などは珍しき鳴き口よりも、百年に一度の素質こそ賛するべきと存じます」

「そう、そうなんですよ。工夫を凝らすのは素晴らしいのですが、いささか奇を衒《てら》いすぎてはいまいかと。某も珍しさより、美しさを重んじております」

意見の合った嬉しさに、思わず知らず膝を進める。同志を得た興奮のあまり、余計なひと言までつけ加えた。

「ルリオにはあぶりを入れておりませんから、ほんの三日ほど前に本鳴きに入ったばかりでして。まだ声が固まっておらず、お恥ずかしいかぎりにございます」

「なんと、これでもまだ本調子ではないと申されますか。まこと、当代一の名鳥にござりますすな」

「いやぁ、それほどでも」

日ごろ褒められ慣れていない只次郎、すっかりいい気になって柏木の盃に酒を注ぎ足してやる。『論語』の『学而篇《がくじへん》』では同じ志を持った友と語り合う喜びが説かれているが、まさにこういうことだろう。柏木とは、長いつき合いになりそうだ。

ルリオも上機嫌で歌い続け、おかげで酒が進んでしまう。湯豆腐をちびりちびりとつまみつつ、和やかに時は過ぎていった。

「ああ、楽しい。今度某の贔屓《ひいき》の居酒屋へ、共に参りませんか。女将《おかみ》も料理もいいのですよ」

すっかり胸襟を開いてしまい、そんな約束までする始末。柏木も面《おもて》にほんのりと酔いを浮かべ、「ぜひとも」と頷《うなず》いている。

鶯の練り餌《え》の配分、鳴きつけをするときの工夫、あぶりはいつごろから入れるかなど、話していてきりがなかった。

「ときに林様」

柏木が持って来た酒はすでに残り少なになっており、もはや燗徳利に移し替えた一合のみ。只次郎はほどよく酔っており、柏木の表情が急にあらたまったのを見逃した。

「ええ、なんでしょう」

「不躾《ぶしつけ》ながら、ルリオを譲ってくだされと頼まれたら、貴殿はどうなさるおつもりですか?」

これは冗談を言う声ではない。盃を運ぶ手をぴたりと止めて、上目遣いに相手を窺う。目尻がほんのり赤いものの、柏木は大真面目《おおまじめ》だった。

「あれは、売り物ではございませんので」

「承知いたしております。なれど拙者はお忙しい殿のお心をお慰めしたく、ぜひともルリオを屋敷に迎え入れたいと存じます」

柏木が鶯を養育するようになったのは、激務に面やつれした主君が藪鶯の鳴くのを聞き、「ああ疲れが取れるようだ」と呟《つぶや》いたのがきっかけだという。それ以来自身も鶯にはまってしまったわけだが、主君のためという第一義だけは忘れずにいるのだ。あっぱれ忠義の者よと褒められるべきところだが、ルリオを奪われてはかなわない。

「柏木殿のご主君というのはいったい――」

そういえば、素性をまだ聞いていなかった。

柏木は「は」と畳に両手をつく。

「勘定奉行《かんじょうぶぎょう》、久世《くぜ》丹後守《たんごのかみ》様にござります」

酔っているせいで聞き間違えたか。「え、なに?」と聞き返すと、柏木はもう一度同じ名を繰り返した。

思いもよらぬ大物が出てきたものだ。

相手は三千五百石の大身《たいしん》旗本。柏木は、その用人だったのである。

三

「ああ、まったくどうしたものか」

只次郎はそう呟いて、何度目になるか知れない重苦しい溜め息を洩らした。

柏木の訪問から、すでに三日が経っている。次男坊としてお気楽に生きているこの身の上に、なにゆえこうも由々しき事態が降りかかってくるのだろう。

「鬱陶《うっとう》しいねぇ。悩むんなら自分ちでしな。ここは楽しく飯を食うところだよ」

ちろりの酒を運んできたお勝が、露骨に嫌そうな顔をする。だが言うことには一理ある。せっかくの料理を暗い顔で食べるのは、作ってくれたお妙にも失礼だ。

只次郎は指先で、両頬の肉を揉《も》んでほぐした。

「まさか、あっさりくれてやるつもりじゃないでしょうね。私が百両積んでも譲ってくれやしなかったのに」

小上がりの対面に座る菱屋のご隠居が、恨みがましげな目を向けてくる。

これまでにも、ルリオを譲ってくれという要望はいくらかあった。その中でも真っ先に手を挙げたのが、ご隠居だ。今さら人に譲られたとあっては、収まりがつかぬのだろう。

「もちろん、私はルリオを手放すつもりはありませんよ」

神田花房町《かんだはなぶさちょう》の居酒屋『ぜんや』。昼は騒がしいことこの上ないが、夕七つ（午後四時）とあって客足が落ち着き、ゆったりと盃を傾けることができる。女将のお妙も寛《くつろ》いだ様子で、次のお菜を運んできた。

「あら、珍しい。あまり食が進んでいませんね」

鰯《いわし》の梅煮が載った折敷《おしき》を置き、気遣わしげに首を傾げる。

芹《せり》と京菜の浸し物、蕗《ふき》の薹《とう》の天麩羅《てんぷら》、里芋と大根のこっくり煮、たしかに只次郎の膝先《ひざさき》には、料理の皿が余っている。

「いえ、食べます、食べます。今日も旨いです」

作り手のお妙を悲しませるわけにはいかない。只次郎は湯気を立てる鰯に慌てて箸を入れる。身だけでなく、骨まで容易にほろりとほぐれた。

「ほぉあ、骨まで柔らか」

梅干しが利いて臭みがなく、骨の髄《ずい》の旨みまで味わえる。嚙《か》まなくていいほどの柔らかさに、ついおかしな声が洩れてしまった。

「気が塞《ふさ》いでいるときほど、しっかりものを食べてください。食べると元気が出ますから」

お妙の言い分はもっともだ。ひもじいときにいい考えが浮かぶわけがなく、まずは飯を食ってから。只次郎は素直に「はい」と頷いた。

本当は、相手が誰であれルリオを渡してなるものかと心に決めている。ルリオがいなければ林家はたちまち困窮するのだし、そうでなくとも日々あの小さな生き物に、暑くはないか寒くはないかと気を配ってきたのだ。只次郎にとってはかけがえのない一羽だった。

しかし勘定奉行の用人からの打診とあって、林家はざわついている。主に父と兄が、これで久世様との繫がりができるのではないかと逸《はや》っているのだ。

勘定奉行の肝煎りとあらば、その下役である勘定衆に取り立てられるのも夢ではない。そのためならば鶯ぐらい、タダでもいいからくれてしまえと言うのである。

一方、女たちは堅実だ。母と兄嫁のお葉《よう》にしてみれば、あるかどうかも分からぬ引き立てに期するより今日の銭。ルリオの稼ぎが大事と見えて、ただ今家中は真っ二つに割れている。自宅にいると両陣営からせっつかれるので、煩《うるさ》くて外に逃げてきた。

「久世様といえば、それなりに長く勘定奉行を務めてらっしゃいますよね」

お妙がやんわりとした手つきでちろりの酒を注いでくれる。

「ええ、天明《てんめい》四年（一七八四）からお役目に就いておられるようです」

それ以前は長崎奉行を八年務め、そのころ時の人であった田沼主殿頭《たぬまとのものかみ》様とも懇意であったという。その後主殿頭様が失脚、田沼派と目された者は粛清されていったわけだが、久世様は変わらずお役目に就いている。のみならず松平越中守《まつだいらえっちゅうのかみ》様のご改革にまで一枚噛んでいるのだから、よほど優れた人物であろう。

そのせいでよけいに父と兄が、よい機会なのではないかと騒ぐのだ。

「相手がどれだけでかくったって、用人が勝手をしているだけでしょう？　断っちまっても角は立たないと思いますがね」

ご隠居は、あくまでも断らせようと仕向けてくる。久世家は菱屋のお得意様でもあるらしく、「こちらから手を回しておきましょうか？」と、なにやら物騒だ。

「いえ、それはお構いなく。断ることはもう決めているんです。ただ、この縁が切れぬよう体よく断れないかと悩んでいるまでで」

ごく細い糸ではあるが、勘定奉行との縁である。只次郎は父や兄ほどおめでたくはなく、縁故があるだけで取り立ててもらえるとは思わない。有能と噂のある人物でなければ、目も向けてもらえぬだろう。

ならば兄にはぜひ、久世様の目に留まる高みにまで上ってもらおうではないか。ちょうどお誂《あつら》え向きに、今年の秋には旗本と御家人を対象とした、学問吟味という試験が行われる。成績が優秀であれば、家格が低くとも目をかけられることがあるそうだ。どうにか兄を説き伏せて、これを受けさせようと考えていた。

「相変わらず腹黒いねぇ。どうせあんた、八方にいい顔すんのは得意だろ」

「なんてこと言うんです、お勝さん」

ずいぶん人聞きの悪い言い草である。しかもお妙が否定もせず笑っているので、只次郎は少なからず傷ついた。

「ひどい。お妙さんまでそう思ってるんですね」

「あら。そんなことありませんよ」

口元を押さえる仕草が白々しい。だがお妙が笑ってくれるなら、それでいいやと思い直した。

佐々木様が亡くなったと伝えた後、お妙はしばらく物憂げだった。真相が闇《やみ》に葬られ、死んだ又三に申し訳が立たぬと己を苛《さいな》んでいたのだろう。この人に辛《つら》そうな顔をさせるくらいなら、自分が笑われていたほうがよっぽどましだ。

「けど私だって純粋に、柏木殿と親交を結びたい気持ちはあるんです」と、只次郎はわざと芝居がかった口調で訴えた。

やや年嵩《としかさ》ながら柏木は、まっすぐに育った若木のような男である。その忠義に裏表はなく、無茶な要求をされても不思議と好意のほどは変わらなかった。

「この店にもお連れしますと言っていたんですけどねぇ」

止まらぬ只次郎の嘆き節に、お妙が「そういうことでしたら」と手を叩《たた》く。

「一度その柏木様を、お連れになってみてはいかがですか」

「おや、どういう風の吹き回しだい。大身旗本の用人だよ。いつものあんたなら、気が引けちまうところじゃないか」

床几《しょうぎ》に浅く掛けたお勝が、すかさず横槍《よこやり》を入れてくる。

「それはそうだけど、林様が困っておいでのようだから」

「そうかい、この若侍のことは捨て置けないってかい」

「んもう、お勝ねえさん！」

そのやり取りに、只次郎は口元がだらしなく緩みそうになるのを堪《こら》える。お妙も少しは自分のことを、特別に思ってくれているのだろうか。前よりも、気を許しているようではあるのだが。

「うまくいくかどうかは分かりませんが、断るにしても美味《おい》しいものを召し上がってからのほうが、感じがいいのではないかと思いまして」

取り繕うようにお妙が言い募る。あまり期待をしすぎてはいけない。そういえば茶飲み友達と言われたのだと、只次郎は気を引き締めた。

「それは一理ありますね。では柏木殿をお誘いしてみます」

「ええ、腕に縒《よ》りをかけて作ります」

お妙はそう言ってにこりと微笑む。勘違いしてはならぬと己に言い聞かせたばかりなのに、思わず胸が高鳴った。

四

只次郎が柏木を伴い『ぜんや』を訪れたのは、鳴き合わせの会で出会ってから、実に十日後のことであった。

二月も残りわずかというのにずいぶん冷え、霰《あられ》交じりの雨が降る夕刻である。入り口の引き戸を開けると、火鉢を増やした店内で立ち働いていたお妙がぱっと顔を上げた。

「おいでなさいまし」

涼やかな声で迎えられ、柏木が面食らったのが分かる。なんの変哲もない居酒屋に、目の覚めるような美女がいるのだから当然だ。只次郎もかつて辿《たど》った道である。

しかし柏木には妻がいる。おかげで安心して連れてくることができた。

外が寒いせいか、それともお妙がそう計らってくれたのか、他に客の姿はない。お勝に「どうぞ」と促され、只次郎と柏木は小上がりに座った。

今日のこの日まで只次郎は、父と兄から「謹んでお受けいたしますと申すのだぞ」と念を押され続けてきた。そのつもりはないと告げるともめ事が大きくなりそうで、適当に相槌《あいづち》を打っておいたのだが、さて、ルリオを渡さず交際は結ぶという、旨い話に柏木は乗ってくれるだろうか。

もっともうまくいかなかったところで、林家に累が及ぶことはない。その点は柏木が請け合ってくれている。ただ一度、じっくり考えてみてほしいということだった。

「いや、寒うございましたな。拙者不覚にも、手先がかじかんでしまいました」

そう言って火鉢で手を炙《あぶ》る柏木に屈託はない。いい返事も悪い返事も、すべて受け止めようとしている。やはり感じのいい男である。

「して、あの女将は何者で？」

こういった話もいけるのか。柏木につられ、只次郎も声を落とす。

「この店を切り盛りしている若後家ですよ」

「なるほど。美しいですが、芸者上がりにも見えぬゆえ」

つい気になってしまったのだろう。美しい女はいつだって、見る者に物語を想像させる。

「はい、お待ちどお」

「わ、びっくりした！」

まだなにも頼んでいないのに、美しさとは縁遠いお勝がぬっと顔を突き出してきた。こちらはこちらで、なにがあったのかと問いたくなるご面相ではある。

「今日は次々に出てきますからね」と、燗をしたちろりを置いて行った。

「そんなわけで、まぁ一献《いっこん》」

「やや、かたじけない」

盃に酒を満たすうちに、お妙がつまみを運んでくる。田楽豆腐と、まん丸い霰菓子のようなものだ。

「なんです、これは」と問うてみると、「霰豆腐です」と返ってきた。

賽《さい》の目に切った豆腐を竹笊《たけざる》に入れ、揺すって角を取り、からりと素揚げしたものだという。味つけは塩と粉山椒《こさんしょう》。口に放《ほう》り込むと外はカリッとして、内側から豆腐の甘みが滲《にじ》み出る。

「うん、旨い。これはお八つにもなりそうです」

外が霰模様だから、ちょうど天気と合っている。塩だけでも充分旨そうだが、酒の供には山椒がいい仕事をしていた。

「はふっ。田楽もまた香ばしい。この上にかかっているものははたして？」

田楽を頰張った柏木が、熱かったのか口からはふはふと湯気を吐く。

「焼き麩《ふ》です」

味噌《みそ》が載った見慣れた田楽ではない。両面を焼いて醬油で下味をつけてから、さらに葛餡《くずあん》を片面に塗り、砕いた焼き麩を散らしたらしい。さくさくとした食感が楽しく、只次郎もまた目を細めた。

柏木の好物が豆腐だということは、お妙には伝えてある。それでさっそく変わり種の豆腐料理を用意してくれたのだろう。

実に旨そうに田楽を食べ、柏木は酒で喉を潤してから頷いた。

「林様の仰《おっしゃ》るとおり、いい店にございますな」

店の様子を気に入ってもらえたなら、まずは第一関門突破である。微笑みを残して調理場へと戻ってゆくお妙を見送って、只次郎は水を向けてみた。

「ときに、柏木殿の鶯は息災ですか」

「ええ。まだ若いせいか、よく鳴いております」

「あまり鳴きすぎると声嗄《が》れするおそれがありますから、少し暗くして落ち着けてやるといいですよ」

「左様で。ならば殿が留守の際はそういたします」

「ご主君はやはりお忙しいので?」

「もちろんのこと。今は鶯の声が癒《いや》しだと労《ねぎら》ってくださるので、声を嗄らさせるわけには参りませぬ」

久世丹後守様の人物は知る由もないが、これほど用人から慕われているところを見るとかなりのものだ。禄《ろく》の低い林家ではせいぜい渡り中間《ちゅうげん》しか雇えず、かような忠義が育つわけもない。ふと下男の亀吉《かめきち》の顔が頭に浮かんだが、あれはないと打ち消した。

「して、ルリオの件にございますが」

まだ酒も回っていないのに、柏木がさっそく本題に切り込んでくる。できればもう少し結論を引き延ばしたい。そんな只次郎の心中を悟ってか、お妙がいい頃合いで次の皿を運んできた。

「お話し中失礼します。お酒も追加なさいますか」

「ええ、ではぜひ」

「かしこまりました」

お妙がお勝に目配せをし、湯の沸いた銅壺《どうこ》にちろりが沈められる。只次郎もまたお妙に、「助かりました」と目で合図を送った。

運ばれてきた料理は具沢山の玉子焼きと、鰻《うなぎ》の蒲焼《かばやき》。つやつやと照り映える鰻の身に、只次郎は「ふわぁ」と吐息を洩らした。

「ま、そう急がずに、先に腹を満たしましょう」

そのように促され、柏木もまた箸を取る。旨そうなものを前にして、手をこまねいている場合ではない。

玉子焼きの具は、ひじき、人参《にんじん》、椎茸《しいたけ》を細かく刻んだものと、銀杏《ぎんなん》である。ところがひと口齧《かじ》ってみると、思ったよりも腹持ちのしそうな重みがあった。

「おや、これは」

「擬製豆腐ですよ」

くずした豆腐に卵と具を入れ、型に流して蒸したものだ。ただの玉子焼きよりも食い出があり、出汁《だし》が利いてたいそう旨い。口元がにんまり緩んでしまう。

だが蒲焼を先に食べた柏木は、動作を止めてなんとも曖昧《あいまい》な顔をしているではないか。

「どうなさいました。これがなにか？」

只次郎もまた、食べやすいようひと口大に切られている蒲焼を箸でつまむ。鰻の旬《しゆん》は秋である。季節外れで旨くなかったのだろうかと、訝りながら口に入れた。

「ん、なんですこれは」

ふわりととろけるような食感は、たしかに鰻だ。それなのに、こってりとした脂の旨みがなく、淡泊な味わいである。

「それも豆腐です」

お妙はこともなげにそう言ってのける。只次郎と柏木は、互いに顔を見合わせた。

「言われてみれば！」

いつだったかお妙には、松茸《まつたけ》の鮑《あわび》もどきを食べさせられたことがあった。それと同じ、もどき料理である。

　裏ごしした豆腐に擂《す》り下ろした牛蒡《ごぼう》と山芋を入れ、鰻の皮を模した海苔《のり》に塗って揚げ焼きにしたもの。そこに蒲焼のタレを絡めれば、見た目は見事に鰻である。

「お口に合いませんでした？」

「いえ、想像と違い驚いたまでのこと。たいそう旨うございます」

　町人のお妙相手でも、柏木の態度は崩れない。そういうところにも好感が持てた。

　たしかに驚きはしたが、鰻もどきも悪くない。蒲焼のタレのおかげで味筋はほぼ鰻である。脂っこいものが苦手な年輩者には、むしろこちらのほうが好かれよう。

「あれ、もしかして今日って――」

　霰豆腐に田楽豆腐、擬製豆腐ときて、鰻もどき。すべて趣向が違うので、疑問も抱かずに食べていたのだが。

「はい、本日は豆腐づくしです」

　こちらの戸惑いをよそに、お妙は神々しいほどの微笑みを浮かべてみせた。

　お妙の宣言どおり、その後も次々と豆腐料理が供された。

　豆腐入りの茶碗蒸《ちゃわんむ》しである空也《くうや》豆腐。これは軽く崩した豆腐にごま油の風味がついており、上から浅草海苔を溶いた餡がかかっている。

薄墨豆腐は粉にした昆布《こんぶ》を豆腐に練り込み、茶巾絞《ちゃきんしぼ》りにして蒸したもの。そこに澄まし汁を張って吸物に仕立ててある。浅蜊《あさり》と菜の花の白和《しらあ》えは、春の訪れを感じさせる一品だ。

季節にかかわらず年中口にできる豆腐は江戸っ子に大人気で、十年前には『豆腐百珍』なる豆腐料理ばかりを集めた料理書が出されたほど。おそらく豆腐が嫌いという者は、ほとんどいないと思われる。

只次郎とて豆腐は好きだ。だが食卓に一品あればいいほうで、これほど豆腐料理ばかりを食べたことはない。いかに柏木の好物とはいえ、さすがに厭《あ》きるのではないかと危ぶまれたのだが。

「うっまぁい！」

新しい料理を口にするたび、いちいち感動してしまった。

お妙の工夫の賜物《たまもの》か、それともこれが豆腐本来の力なのか。家ではせいぜい奴か湯豆腐、もしくは味噌汁の実にするくらいだから、これほど活用の幅があるとは知らなかった。

柏木もまた、満足げに料理を平らげてゆく。

「いやぁ、いい店にござりますな」

先刻と同じことを口走っているのは、だいぶ酔いが回っている証拠であろう。頼まずともお勝が次々と燗酒を持ってくる。お妙の料理との、見事な連携である。

「拙者、豆腐が一番の好物にて」

話が通じなくなってきたが、機嫌がいいならなによりだ。

少しやりすぎてしまったかしら。お妙がそう言いたげに首をすくめる。いいえ、素晴らしい働きですという思いを込めて、只次郎は軽く頭を下げた。

だがこれ以上酔われては、最後に肝心の話ができなくなってしまう。お勝にそう耳打ちすると、「大丈夫だよ、さっきから水を混ぜてるから」と返ってきた。

酒が薄まっているのに気づかぬとは、只次郎も負けじと酔っているのだろう。待てよ、その水入り酒の勘定はどうなるんだという疑問が頭によぎったが、すぐにどうでもよくなってしまった。

「まだお腹《なか》に余裕はありますか?」と、お妙が土鍋を運んでくる。湯豆腐かと思いきや、手焙《てあぶ》りの上に置かれたその中身は、白く濁った汁に満たされていた。

「豆乳ですか」

「ええ、贔屓にしているお豆腐屋さんから分けていただいたんです」

豆乳を飲むという習慣は、あまり一般的ではない。こんなものを温めてどうするのだろうと見ていると、間もなく鍋の表面に、薄黄色い膜が張ってきた。

「あ、そうか。湯葉《ゆば》だ！」

正解、と答える代わりにお妙が菜箸でその膜を掬《すく》う。するりと綺麗《きれい》に持ち上がり、柏木の取り皿に載せられた。

味つけは醤油に水と鰹節《かつおぶし》を入れて煮出したもの。薬味は紅葉《もみじ》おろしと葱。「お先にどうぞ」と促され、柏木が箸を取る。

「おおっ」口にしたとたん切れ長の目を丸くして、どうやら驚いている様子。

二枚目の膜もすぐに張り、只次郎も食べてみた。

「はう、とろっとろ！」

大豆の味が濃厚で、そのくせ口の中でとろりと溶ける。このような膜を食べようと、はじめに考えたのが誰かは知らぬ。しかし至福の食感である。

「こんなに簡単に作れるんですね、湯葉って」

乾燥湯葉なら口にする機会もあるが、温かいできたてを食べたことはなかった。腹に溜まるものではないが、すこぶる旨い。

「これは殿にも召し上がっていただきたい」と、酔った柏木は目頭を押さえる。

勘定奉行がこの店に来ることは、さすがにあるまい。

只次郎と柏木は三枚ずつ湯葉を食べ、さて残りの豆乳はどうするのだろうと見ていると、お妙がなにやら透明な、水のようなものを注いだ。それから木杓子《きじやくし》で軽く混ぜ、蓋をする。

「これはなにをしているんですか？」と尋ねても、含み笑いをして答えない。

「しばしお待ちください。今、ご飯も炊いておりますので」

言われてみれば、微かに米を炊く甘い香りがしている。炊き上がりが気になるのか、お妙はいそいそと調理場へ引き上げて行った。

ようやく酔いが醒《さ》めてきたのだろうか。酒の薄さに只次郎は顔をしかめる。どうも置き徳利の酒ではなく、安酒のようだ。床几にもたれて手持ち無沙汰にしているお勝を見遣《みや》ると、にやりと笑い返された。まったく、これまでちっとも気がつかなかった。

柏木はといえば、眠いのか頭がぐらぐらと揺れている。やがてかくんと首が落ち、「はっ！」と正気を取り戻した。

「し、失礼仕った」

人前での居眠りを恥じているのか、酒とは別に首元がみるみる赤らんでくる。

「大丈夫、間もなく飯がくるようですよ」

ならばもう酒はいいだろう。飯の前に、煎茶《せんちゃ》と蕗の薹の醤油漬けが運ばれてきた。どういうわけか近ごろお妙が只次郎に出すお茶は、以前よりいいものになっている。熱いお茶を啜《すす》り、人心地ついたらしい。柏木が大きく息を吐く。

「申し訳ない。少し飲みすぎてしまったようで」

「ええ、某も」

「いい店ですな」

「それ、三度目です」

ゆったりとした気持ちになって、只次郎は笑みを浮かべた。柏木もまた、照れたように笑っている。まだ会うのも三度目なのに、これほど肩の力が抜ける相手もいない。できることなら同好の士として、今後もつき合っていければいいのだが。

「お待たせしました」

ついに飯がやってきた。いつもは炊き立てを土鍋で出すのに、どうしたことかすでに大振りの椀《わん》に注ぎ分けられている。折敷を置くとお妙は腕を伸ばし、豆乳が残っていた鍋の蓋を取った。

「あっ！」

さっきまでたしかに豆乳だったものが、固まっていた。だが辛《かろ》うじて形を保っている程度で、表面がふるりと揺れている。

おぼろ豆腐だ。注ぎ入れられた水のようなものは、にがりだったのだろう。

お妙はできたての豆腐を木杓子でざっくり掬い、飯の上に盛った。さらに取り分けておいた汲《く》み上げ湯葉を載せ、三つ葉を散らしてから、とろみのある餡を回しかける。

「うわぁ！」

見た目だけで分かる。これが旨くないわけがない。

「熱いですから、お気をつけて」

ひと匙《さじ》掬い、ほふほふと吹き冷ます。辛抱が利かなかったのか、柏木が「あちっ」と眉を寄せた。多少舌を焼いたとて、啜り込まずにはいられない。

「ん～、幸せ！」

熱々の豆腐と湯葉が、飯と絡んでとろりと喉の奥に落ちてゆく。醤油味の餡には生《しょう》姜《が》が利いて、体の芯からあったまる。

柏木はもはや手が止まらぬようで、しまいには椀に口をつけて掻き込みだした。

「ふはぁ」と手を下げたときにはもう、中身は空になっている。

「いやはや、かように旨き豆腐料理があったとは」

月代《さかやき》に細かな汗の粒を浮かべ、のぼせたようにそう呟いた。

豆腐づくしの締めくくりに、なんと食後の甘味まで用意されていた。もちろんここで手を抜かないのがお妙である。

「ははぁ、これも豆腐ですか」

小皿に載せられた菓子を、只次郎は矯《た》めつ眇《すが》めつ眺め回す。四角に固まった寒天の底に、崩した絹ごし豆腐が沈んでおり、上から黒蜜《くろみつ》がかけられている。まるで雪解けの一場面のようで、見栄えからして風雅なものだ。

「これは玲瓏《こおり》豆腐というんです」

お妙はそう言って、指先で空中に文字を書く。玲瓏《れいろう》とはもともと玉のように透き通って美しいさまを表す言葉だ。当て字で「こおり」と読ませるとは、名前まで雅やかである。

ひと口食べてみると、紛れもなく豆腐の味がする。だが爽《さわ》やかな風味は黒蜜とも合い、これは上等な菓子である。

「不思議ですね。豆腐がここまで様変わりするとは」

つまみから主菜に甘味まで、すべて豆腐だったとは思えぬ満足感だ。柏木などはもはや驚きすぎて、玲瓏豆腐を手にしたまま呆《ほう》けたようになっている。

「まこと、たかが豆腐と侮れませぬ。手をかければこれほどに、豊かな献立となるのですね」

柏木の呟きに、只次郎は「ええ」と頷き返す。

「ひと口に豆腐と言っても、味わいは様々。なれどなにより嬉しいのは、食べる者を思って作り手が工夫を凝らしてくれることです」

この会食とて、べつに豆腐づくしにする必要などなかったのだ。それでも柏木の好物が豆腐と聞いて、手間を惜しまず遊び心を働かせてくれた。おかげで相手の気も緩み、今ならルリオの件を断っても角が立たなそうだ。

「では、話を鶯に戻しますが――」

只次郎は意を決し、肝心要《かなめ》の話を持ち出した。

だがそれ以上なにか言う前に、柏木は小皿を脇に置き、その場にがばりと身を伏せる。

「それについては、もう忘れてくだされ。拙者が浅はかにござりました」

はたしてなにが起こったのか。只次郎はもとより、お妙とお勝も揃《そろ》って目を丸めた。

「まさに林様の仰るとおり。鶯とてひと口に語れるものではござりません。我が鶯はルリオにとうてい敵《かな》いませぬが、拙者にとっては最も可愛《かわい》い鶯にございます」

「え、ええ。そういうものですよね」

話の鋒先《ほこさき》は分からずながら、只次郎は一応頷いてみせる。

「我が殿も、考えてみれば鶯の声ではなく、拙者の労をねぎらってくださったのです。しかるに拙者は人様の労を横取りしてまで、美声をお聴かせせねばと焦っておりました。かような席を設け、大切なことを教えてくださった林様には、もはや頭が上がりませぬ」

どうやら先ほど豆腐について語ったことを、たとえ話と思い込んでいるらしい。どうするべきかと目で訴えてみると、お妙もお勝も無言で頷き返してきた。

勘違いとはいえ、それでルリオを諦めてくれるのなら好都合。只次郎は柏木の肩に手をかける。

「顔を上げてくだされ。分かっていただけたのならよいのです」

「林様――」

お勝がふっと吹き出して、たまらずこちらに背を向けた。お妙まで口元に手を当てて、笑いだしそうになるのを我慢している。

「なれどこれからも、同好の士としておつき合い願えますか」

「なんとありがたいお言葉。拙者こそ、どうぞお頼み申します」

只次郎と柏木は、手に手を取って喜び合う。期せずして、二人の間に友情が芽生えた瞬間であった。

五

「ああ、苦しい。腹がよじれちまうかと思ったよ」

お勝がやれやれと腹を撫《な》で、空いた皿を引いてゆく。屋敷に帰る柏木を見送ってから、ひとしきり笑った後である。

「ですが林様が親交を結びたいと思われるだけあって、いい方でしたね」

自分もこっそり笑っていたくせに、お妙はどうにかいい評価を下そうとする。たしかに柏木は善人だ。むしろお人好《ひとよ》しと言っていい。

「終わりよければなんとやら。首尾よく進んでよかったですよ」

只次郎は気が抜けて、小上がりの縁にだらりと腰を掛けていた。目的は果たせたわけだが、少し休んでからでないと自宅に帰るのが億劫《おっくう》だ。どうせ戻るなり父と兄に問い詰められる。いっそ二人が眠りに落ちてからこっそり帰りたいくらいだった。

「よろしければどうぞ」と、お妙が煎茶のお代わりを差し出してくる。

酒はもういらぬと思っていたから、お茶くらいがちょうどいい。よく気の回る女である。

「もしかしてお妙さんは、こうなることを見越して今日の献立を豆腐づくしにしたんですか？」

お妙の聡《さと》さに触れていると、実はなんでもお見通しなのではないかと疑ってしまうことがある。これもまた企《たくら》みのうちだったとしても不思議はない。

「まさか。最後の玲瓏豆腐は、お二人の仲が固まればいいなという思いを込めて作りましたが、それだけですよ」

透明な寒天と、白い豆腐。二層に分かれたあの菓子に、そのような意味があったとは。

「ま、よく固まったんじゃないかい。あのお侍、きらきらした目であんたのことを見てたじゃないか」

「あら、やっぱりそうよね」

片づけの手を止めて、お勝とお妙が目を見交わす。なにか含むものがありそうだ。

「なんです、二人で分かり合っちゃって」

「おや、分かんないのかい。じゃ、あんたはあのお侍をどう思う？」

「忠義に厚く、律儀な方だと思いますが」

「その忠義、あたしにゃ殿様に惚《ほ》れてるようにしか見えなかったけどねぇ」

「は？」

手の中の湯呑《ゆのみ》を、危うく取り落としそうになった。只次郎は「いやいや、まさか」と首を振る。

「久世丹後守様は、たしかもう五十も半ばのはずですよ」

「歳は関係ないだろう」

それもそうだ。お勝の見せるにやにや笑いが、あらぬ想像を掻き立てる。

「いや、そもそも忠義心というのはですね、男が男に惚れるというやつで、あくまで精神に拠《よ》るものなんです。主君のためなら命も惜しくないという、分かりますか？」

「さぁね。私たちは女だからさ」

とはいえ只次郎も、どちらかといえば忠義が分からぬ質《たち》である。なのについ熱く語ってしまい、きまりが悪くなってきた。

「か、帰ります！」

湯呑を置いて立ち上がる。おかしな疑いをかけられて弄ばれるくらいなら、父と兄に取っ摑《つか》まったほうがましだ。

「おや、意外とお堅いんだねぇ」

「んもう、お勝ねえさん。悪いわよ」

女たちの忍び笑いに送られて、只次郎は入り口の引き戸を開ける。雨は止《や》み、外気はなぜか昼間よりも暖かい。

「ああ、よかった。晴れた、晴れた」とお勝が言う。

雲の切れ間には、ぼんやりとした朧月《おぼろづき》が浮かんでいた。

砂抜き

一

家の中にいるよりも、外のほうが暖かい。井戸の水も温《ぬる》み、おかげで手に息を吹きかけつつ洗い物をせずともよくなった。

閏《うるう》二月十七日。三月を待たずして桜は満開になっており、花見帰りなのか往来からは浮かれたような声が聞こえてくる。

お妙は洗った布巾《ふきん》をぱんと張り、物干し竿《ざお》に引っ掛けた。前掛けで手を拭《ふ》き拭き、井戸端から勝手口を通って店に戻る。

「ごめんねぇ、お妙ちゃん。アタシが酒をこぼしちまったせいで」

床几《しょうぎ》に腰掛けていたおえんが、すまなそうに片手拝みをしてくる。他にも見知った裏店《うらだな》の面々が、酒を酌《く》み交《か》わしつつ四方山話《よもやまばなし》に興じていた。

「おタキさんもねぇ、髪切りなんぞに遭《あ》わなきゃ寝込むこともなかっただろうに」

「そうは言っても歳《とし》が歳だからさ。でもまぁ桜も見ずに逝《い》っちまったのはもったいなかったよ」

「だねぇ。お寺の桜、本当に綺麗《きれい》だった。いい時分に逝ったと思うよアタシは」

おえんと共に床几に掛けたおかみ連中が、昼酒にほんのり頬《ほお》を染めて、途切れる間もなく話し続ける。男衆と大家夫妻は小上がりにおり、酒を運ぶお勝がうんざりするほど盃《さかずき》を重ねているようだ。

裏店に住むおタキが亡くなったのは、十一日の朝のこと。朝餉《あさげ》を持ってお妙が訪れたときにはもう、布団の中で冷たくなっていた。

昨年の七月に、妖怪《ようかい》の仕業を装った連中に道行く女が髪を切られる騒動があった。その害に遭ってからというもの、すっかり寝たきりになっていたおタキである。老いて弱った身には、冬を乗り切ることができなかったのだろう。眠るように亡くなっていたのが、せめてもの救いだった。

身寄りのないおタキのことは、おかみ連中やお妙がなにくれと世話を焼いてきた。生老病死は助け合い。長屋連中で金を出し合ってささやかながら葬式を挙げてやり、今日は精進落としの初七日である。ならばお妙の料理でと、寺で読経《どきょう》をしてもらってから『ぜんや』に流れてきたわけだ。

「おタキさんが亡くなる前の日にさ、麹町《こうじまち》で火事があったろう」

「ああ、升屋《ますや》から火が出たってな」

「仕事帰りに見ると南西の空がぼんやり赤く染まっててよ、なんか不吉な気がしたんだよなぁ」

　そんな話し声が小上がりから聞こえてくる。己の肩を抱いて震えるような仕草をしているのは、おえんの亭主だった。女房とは反対に、食っても太らぬ細身の男だ。

「なに言ってんだい、火事なんてものは不吉に決まってるよ。おタキさんの死とはなんらかかわりのないことさ」

　大家のおかみさんが仏頂面で盃を傾けつつ、おえんの亭主をじろりと睨《にら》む。こちらは店子《たなこ》に死なれて機嫌が悪い。残された家財道具は大家が売り捌《さば》くことになるが、さほどの額にはならないだろう。

「そんなことより人が死んだ部屋と分かると嫌《いや》がられるんだから、あんたら次の店子が決まっても滅多なことは言わないどくれよ」

　おかみさんは周りを見回し、念を押す。冷たいように聞こえるが、せめて初七日が済むまではとおタキの部屋をそのままにしてあるのだから、真心がないというわけではない。

　ところがおえんが酔いに任せ、膝《ひざ》を叩《たた》いて立ち上がった。

「なんだいおタキさんを偲《しの》ぼうってときに、そんな言いかたはないじゃないか。だいたいね、さっきから人の亭主を熱っぽい目で見てんじゃないよ！」

　腹の中に飼っている、悋気《りんき》の虫が騒いだようだ。相手が老婆だろうが幼子だろうが、亭主に近づく女は許せない。そんなおえんの気質を汲《く》んで亭主の両隣は男衆で固めてあるのに、おかみさんが視線をくれたのが気に障ったのだ。

「よさねぇか、おえん」

「そうだよ、アタシの目のどこが熱っぽいって？　あんたいっぺん外行って、頭から水でも被《かぶ》っといで」

「本当だよ、おえんさん。アタシァ不思議でならない。こんな婆《ばば》あにまで悋気を起こせるアンタがね」

「だから、婆あに婆あと言われたくないんだよ、お勝さん！」

　お勝までが言い争いに首を突っ込み、もはや泥仕合の有り様である。裏店の面々にとっては見慣れた光景でもあり、進んで止めようとする者はいない。

「まぁまぁ、落ち着いてください。仏様に笑われますよ」

　ゆえに間に入ったのはただ一人、神田花房町の住人ではない林只次郎だった。

　次男坊とはいえ武士であり、町方の法要に参列する身分では決してない。それでもまったく知らぬ相手ではないからと、精進落としにだけ顔を出しているのである。

「そんなこと言って、お侍さんこそ料理目当てで来てんじゃないかい?」

「そうだよ、アンタちっとは遠慮しな」

「そもそも誰《だれ》なんだい、この人は」

場を和ませようとしただけなのに三人の女からけんもほろろにあしらわれ、おかみ連中からも笑われる。それ以上口を挟ませてもらえなくなった只次郎の肩に、おえんの亭主が手を置いた。

「お侍さん。男にはね、貝になってたほうがいいときもあるんですぜ」

酒のつまみがなくなりそうなのを見て、お妙は次の小鉢をいそいそと小上がりへ運んでゆく。それぞれの膝先に並べると、只次郎がすかさず「なんですか?」と首を伸ばした。

「菜の花と馬鹿貝のぬたです」

「馬鹿貝! そりゃあいいや!」

「うるせぇ、馬鹿貝はちゃんと口を閉じとけねぇから馬鹿貝ってんだ!」

不名誉な名をつけられてしまった貝のせいで、おかみ連中はいっそう笑い、男衆は負け惜しみを口にする。裏店に住む女たちは、皆強くしたたかだ。

若くして逝ったわけではないおタキの精進落としなら、このくらい賑《にぎ》やかなほうがいい。もっとしてやれることがあったのではと悔やむお妙の心さえ、春の日溜《ひだ》まりのように明るく照らしてくれる。

「あっ。おめぇこのぬた、ちょっと前のうちの晩飯と同じじゃねぇか。またお妙さんとこで買ってごまかしやがったな！」

「あははは、やだばれちまった」

亭主に手抜きを責められて、おえんが悪びれもせず舌を出した。

春牛蒡《はるごぼう》の南蛮漬《なんばんづ》けにはじまり、ふきと厚揚げの煮浸《にびた》し、菜の花と馬鹿貝のぬた、鰆《さわら》の西京焼《さいきょうや》き、明日葉《あしたば》と海老《えび》の天麩羅《てんぷら》と、料理は次々にはけてゆく。

飯はいつもなら小振りの土鍋《どなべ》で炊いているが、今日はいっぺんに出す人数が多いので釜《かま》で炊き、そろそろ蒸らし上がる頃合《ころあ》いだ。添えて出す汁は長芋を擂《す》り流しにした味噌《みそ》仕立て。

「みなさん、ご飯を召し上がりますか？」

調理場からそう尋ねると、実にいい返事がかえってきた。

釜の蓋《ふた》を取ると炊き立ての湯気が顔にかかり、甘く香ばしい匂《にお》いに包まれる。米は向こう側が透けて見えるほど美しく炊き上がっていた。

裏店に住まうもう一人の老婆、お銀《ぎん》はおそらくおタキよりも年嵩《としかさ》で、宴席がはじまってすぐ「疲れた」と言って自分の部屋に引っ込んでしまった。そちらには後で握り飯でも拵《こしら》えて持って行ってやろう。自称人相見の怪しげな婆さんとはいえ、こうして同じ町に寝起きしているからには、きっとなにかしらの縁があるのだ。

「ねぇねぇお武家さんってさ、閏年には墓を建てないって本当かい？」

忙《せわ》しなく立ち働いていても、おえんの声はよく通る。見ればいつの間にか大家のおかみさんを床几に追いやり、小上がりに腰を落ち着けて只次郎に絡んでいた。

「アタシらはせいぜい土饅頭《どまんじゆう》だから、よく分かんないんだけどさ」

「ええ、そうですね。月が重なるので悪いことも重なってはいけないということで、翌年以降に回しますよ」

只次郎の講釈に耳を傾けながら、蕪《かぶ》の浅漬けと蕗《ふき》の葉味噌を小皿に人数分盛りつけてゆく。本当にこれ以上悪いことが重なりませんようにと、お妙も心の中で静かに願う。

二年と少し前に良人《おっと》の善助に死なれて以来、身の回りになぜか不幸が多い気がする。血腥《ちなまぐさ》い殺しまで起こってしまい、しかも真相は藪《やぶ》の中。人を見送るのはもうたくさんだった。

「でもね、墓だけじゃないんです。家の新築や婚礼だって、閏年には避けますからね」

「えっ、なんで。おめでたいことなら重なったほうがいいじゃないか」

「それはですね、ひと月増えたところで、武士が一年にもらえる俸禄《ほうろく》は同じだからです」

「ああ、そっか。台所が苦しいんだ」

「そのとおり。『悪いことが重ならないように』なんてのは、後からのこじつけだと思いますよ」

　そんな裏事情があったとは、お妙も今まで知らなかった。たんなる倹約に、通りのよい口実をつけただけ。言い伝えなんてものは、案外底が浅かったりするのかもしれない。

「なんだ」と小さく呟《つぶや》いて、お妙は頰を弛《ゆる》める。悪いことにばかり目を向けていては、本当のところを見失いかねない。それでもどうにか又三が死なねばならなかったわけだけは、突き止めたいと思うのだった。

二

入り口の引き戸が無遠慮に開けられたのは、飯と汁が全員に行き渡った頃合いだった。

昼八つ（午後二時）までは貸し切りで、表にもそう貼《は》り紙をしてあったはず。なにごとかと集まる視線をものともせず、ふらつく足取りで入ってきたのは、御家人風の二人連れだった。

「はぁ、酔うた酔うた」

「ああ、だがまだまだ飲むぞ」

互いに非番で昼間っから花見でもしてきたのだろう。一人はさっぱりと剃《そ》り上げた月代《さかやき》に、桜の花びらが一枚貼りついている。持ち寄った酒は飲んでしまい、居酒屋で飲み直そうというわけだ。

「あの、申し訳ございません。ただいま法事で貸し切りでして」

どう見ても席はすべて塞《ふさ》がっている。にもかかわらず入り込んでしまった二人の前に、お妙は進み出て腰を折った。

強い酒のにおいが鼻を突く。これはそうとう飲んでいる。

「こりゃあたまげた。こんなところに菩薩《ぼさつ》がいたぞ」

「ちょうどいぃ。酒の相手をしてもらおう」

「きゃっ！」

乱暴に腰を引き寄せられて、思わず娘のような声が洩《も》れてしまった。赤黒くむくんだ痘痕面《あばたづら》が、唇が触れそうなところに迫ってくる。振りほどこうともがくお妙の非力さを、にやにやと笑いながら楽しんでいる。

「およし。うちはそんないかがわしい店じゃないよ」

「あ、痛っ！」

見かねたお勝が近づいてきて、男の手の甲を煙管《きせる》で打つ。その腕からするりと抜け出たお妙は、いつの間にか傍《そば》に来ていた只次郎の背に庇《かば》われた。

「なにすんだ、この婆あ！」

「まったくだ、せっかくいい気分だったってのに」

「やかましい。人に迷惑かけといて、いい気分もなにもあったもんじゃないよ！」

二本差しに凄《すご》まれたところで、ひるむようなお勝ではない。ぎょろりとした目で二人連れを睨み据える。

「なんだと、婆あ風情《ふぜい》が偉そうに」

「偉そうなのはそっちだろ！」

裏店の住民らもまた酒の酔いが手伝って、わらわらと集まってきた。先頭にいるのはおえんだ。肥えた体で腕を組み、二人連れに迫ってゆく。

「お呼びじゃないんだよ、帰りな」

「そうだそうだ！」

後に続く面々も、「帰れ」、「帰れ」と口々に声を上げつつ間合いを詰める。そのせいで二人連れは、じりじりと戸口のほうへと押されていった。

「情けねぇな。か弱い女にしか強く出れねぇのか」

「腰のものは飾りかよ！」

誰しもが喧嘩《けんか》っ早い江戸っ子である。穏便に事を済ませたい只次郎は、「皆さん、あんまり刺激しないでください」と困り顔だ。酔って気が大きくなっただけの小心者を煽《あお》ると、面倒なことに陥りやすい。

「黙れ黙れ黙れ！」

案の定お妙にちょっかいを出した痘痕面が、表に押し出されて刀の柄《つか》に手をかけた。

皆が「わっ！」と驚き腰を引く。その反応に味を占めたか、男はいっそう身を低くして一歩を踏み込んだ。

「待ってください、こんなところで抜くと大変なことになりますよ。ほら、ゆっくり息を吐いて、柄から手を放して」

子供に言い聞かせるように語りかける、只次郎もまた腰が引けている。

二人連れはどちらも若いが痩《や》せっぽちで、さほどの使い手とも思えない。だが腕に覚えがないのは只次郎も同じ。どうにか舌先だけで切り抜けようとしているらしい。

「なんだ貴様は！」

「あ、それはよしときましょう。互いに名乗ってしまったら、引っ込みがつかなくなりますから」

実際には旗本家である只次郎のほうが身分は上だが、あくまで下手《したて》に出てにこにこしている。だがその軟弱な姿勢が気に食わなかったようだ。二人連れの片割れまでが鯉口《こいぐち》を切って見せた。

「武士の風上にも置けん奴だ。表へ出ろ！」

「ええっ、そんなぁ」

「頑張って、お侍さん！」

「骨は拾ってやるからよ」

只次郎は情けなく眉《まゆ》を下げ、いい加減な酔客たちが囃《はや》し立てる。

困ったことになってしまった。二対一の決闘を、只次郎が無傷で切り抜けられるとは思えない。下手をすれば命を落とすやも知れず、お妙はとっさに只次郎の袖《そで》を引いて前に出た。

「よしてください。ここは私の店で、この方はただのお客です。文句があるなら私に言ってください」

「なにやってるんですか、お妙さん」

「ちょっとアンタ、危ないよ！」

恐ろしくて膝が震える。気が張り詰めているせいか、只次郎とお勝の声がやけに遠く感じられた。

「どけ女。お前ごと叩き切るぞ！」

なにごとかと、道行く人も足を止める。二人連れはもはや引くに引かれず、ならばこちらが折れるしかない。

地に手をつき、許しを請う覚悟を固めたときのことだった。お妙の前に、黒く大きな影が割り込んできた。

影は敏捷《びんしょう》に動き、鯉口を切っていた男の柄に手をかけ、その頤《あご》を拳《こぶし》の裏で軽く払う。

ただそれだけでいきり立っていた男は、糸が切れたように膝から崩れ落ちた。

「なにをしやがる！」

ついに痘痕面が刀を抜いた。女の悲鳴が上がる中、大上段に構えて影の背後から襲い掛からんとする。

だがその刃が振り下ろされる前に、影が腰に佩《は》いていた長刀の鞘先《さやさき》が、相手のみぞおちに深くめり込んでいた。

「ぐえっ！」

蛙《かえる》が潰《つぶ》れたような声を出し、痘痕面は刀を取り落としてもんどり打つ。大の男二人が、呆気《あつけ》なく地に沈んだ。

肩先を軽く払い、すっと背筋を伸ばした影は着流し姿の浪人だった。あまりの鮮やかな手並みに野次馬は声も出ず、一拍遅れて歓声が上がる。

「ほら、往来に寝っ転がるな。邪魔だ」

浪人はまだまともに起き上がれもせぬ二人連れの尻《しり》を蹴飛《けと》ばし、追い立てる。男たちは文字通り、這《ほ》う這《ほ》うの体《てい》で逃げて行った。

「すっごぉい、お兄さん強いんだねぇ」

おえんが背後ではしゃいでいる。お妙は上背のある浪人の顔をまじまじと見上げた。

いい男だった。目つきが鋭すぎるきらいはあるが、鼻筋の通った顔は整っている。なにより首から肩にかけての線が、男らしく力強い。

「あの、お妙さん。大丈夫ですか?」

只次郎に後ろから声をかけられ、お妙ははっと正気づいた。浪人に駆け寄り、「ありがとうございました」と頭を下げる。

「なに、礼には及ばん。あいつらが道を塞いでいて鬱陶《うっとう》しかっただけだ」

「それでも本当に助かりました。あの、よろしかったらなにか召し上がって行きませんか。うち、そこなんです」

そう言って、店の入り口を指差した。

看板障子には、『酒肴《さけさかな》　ぜんや』の文字。その下に、『ただいま貸し切り』と貼ってある。

浪人はそこに目を遣《や》り、引き締まった頬を軽く弛めた。

「いや、よしておこう」

前を向き、そのまま歩き去ろうとする。お妙は思わずその袖に追い縋《すが》っていた。

「せめて、お名前を」

「名乗るほどの者では」

言葉少なに断って、浪人は去ってゆく。均整の取れた後ろ姿に、おかみ連中からは黄色い声が上がった。

「まったく、アンタは無茶をするんじゃないよ」

苦言を呈するお勝の顔は、いくぶん青ざめている。

浪人の袖口から香った、焦げたようなにおいがいつまでもお妙の鼻先に残っていた。

三

騒動から五日が経《た》ち、桜は早くも散ってしまった。

日差しはいっそう暖かくなり、日本橋は今朝もけっこうな人出である。駿河町《するがちよう》から真正面に拝める霊峰富士《れいほうふじ》は春霞《はるがすみ》にぼやけており、その姿は定かでないが、それでも旅装の男たちがありがたがって手を合わせた。

すぐ近くには富士と並ぶ駿河町名物、三井越後屋《みついえちごや》が甍《いらか》を光らせ、客先へと向かう手代たちが紺風呂敷《こんぶろしき》を背負うて行き交っている。お忍びらしき女駕籠《おんなかご》が停《と》まっているあたりも、さすがは天下の越後屋である。

「そうそう。これをね、お妙さんに味見してもらいたかったんだよ」

そんな駿河町の一角に店を構える味噌屋、三河屋《みかわや》にお妙はいた。手代には任せず色黒の主人が直々に、味噌を小さなへらで掬《すく》って差し出してくる。

三河屋ではただ味噌を売っているだけでなく、独自の合わせ味噌が評判だった。その配合は主人が自分の舌で確かめ、季節や温度で決めているので他の者には真似《まね》ができないという。

白、黒、赤、茶、味噌桶《おけ》の上に綺麗に撫《な》でつけて盛られた味噌の中から、主人がお妙に勧めてきたのは、赤黒い色の味噌であった。

いかにもこってりしていそうだと、味筋を先読みしながら舐《な》めてみる。次の瞬間お妙は「あら」と目を丸めていた。

「な、ちょっと意外な味だろう」

三河屋はいかにも嬉《うれ》しげに、照りのある頬を持ち上げる。

「ええ、思ったよりさっぱりしていて美味《おい》しいです」

その一方でコクや甘みもしっかりとある。汁はもちろん、旬のものを練り込んで、舐め味噌にしても旨《うま》かろう。

「米味噌と豆味噌、それから赤味噌の中でもくせの少ないのを選んで合わせてみたんだ。この時分の山菜に合うだろうと思ってな。ほらこれ、タラの芽を刻んで和えたやつ」

用意のいいことで、三河屋が手を叩くと手代が小鉢を運んでくる。さっそく手にしていたへらで掬い、お妙はそれをひと口舐めた。

「ん～！」

つい喜びの声が洩れてしまう。タラの芽のほろ苦さが、味噌のコクに包まれ口の中にじわりと広がった。頬がきゅっと窄《すぼ》まる旨さに、目を細める。

「けっきょくお妙さんも、旨いものが好きだよねぇ」

三河屋が声を立てて笑う。そりゃあそうだ。旨いものが好きでなきゃ、旨い料理など作れない。

「このお味噌、いただきます。それからあちらの仙台味噌も」

「はい、毎度！」

手代が味噌を計り、持参の折箱に詰める間、お妙は店の上がり口に掛け、出された茶を啜《すす》る。タラの芽味噌は茶請けにも打ってつけだった。

「今年もまた皆さんで、お花見をなさったんですか」

「いいや。私は去年用事があって行けなかったんで楽しみにしてたんだが、ほら升川《ますかわ》屋《や》が今あんまり出歩けねぇでしょう」

「ああ、なんでもお志乃さんが、乳母を置かずに頑張ってるとか」

「そうそう、そのせいで疲れて気が立っちまってさ。亭主が遊び歩いてるとあっちゃ、頭に角が生えちまう」

なるほど、それは花見どころではない。

お志乃が男の子を産んだのが、一月の半ば。近ごろ夜泣きがひどくなってきたそうで、まともに眠ることもできないという。そんなときに亭主がお気楽そうにしていたら、文句の一つも言いたくなるのが道理である。

「情けないもんだね、升川屋もさ」

男である三河屋はそう言うが、子供はあっという間に大きくなるのだ。可愛《かわい》い赤ん坊のうちに、亭主も目いっぱいその顔を見て世話をしておけばいい。

だがお妙はなにも言わずに微笑《ほほえ》みだけを返す。奥から出てきた年輩の女中が、三河屋の耳になにごとかを囁《ささや》いたからでもある。

「は、鼈甲《べっこう》の櫛《くし》？　いやいや三日前にも簪《かんざし》を買ったばかりじゃないか。よしときなさいと――え、もう買っちまった？」

裏口に細工物の行商でも来ているのだろう。三河屋には跡取り息子の他に年頃の娘が二人おり、お内儀も派手好きだ。

升川屋を笑ったその口からやるせない溜《た》め息《いき》を洩らし、三河屋はがくりと肩を落とす。お妙はなにも見ていないふりを装って、手代から味噌を受け取った。

昼四つ（午前十時）の鐘が鳴ってから、どのくらい経ったろう。少しくらい寄り道をしても、店を開ける刻限には充分間に合いそうである。

お妙は日本橋の大通りを歩きつつ、きょろきょろと辺りを見回す。少しばかり、小腹が空《す》いてきた。

帳面問屋、陣笠《じんがさ》問屋、仏具屋、薬種問屋と、いずれ劣らぬ大店が軒を連ねるこの界隈《かいわい》に、店を構えている菓子屋は高くてとても手が出ない。だが通りのそこここには、団子や大福餅《もち》の立ち売りが出ている。

大福餅を七厘《しちりん》で炙《あぶ》る、香ばしいにおいにもはや我慢ができなくなった。一つ四文、お勝の分も買って行くとしよう。

お妙は大福餅の屋台に近づきかけて、数歩歩いて足を止めた。町木戸の陰に凭《もた》れかかり、屋台をじっと眺めている男に気づいたからだ。

長刀一本を腰に差した浪人者。網の上でこんがりと焼けてゆく大福餅に目を凝らしつつ、竹筒に入った水ばかりをがぶがぶと飲んでいる。屋台の主人もそれに気づいているらしいが、あまりの怪しさにそちらを見ぬようにしていた。

「あの」と、お妙は遠慮がちに声をかける。

顔を覚えていなかったのか、浪人者は訝《いぶか》しげに目を細めた。だが間違いない。先日の騒動で、二人連れの御家人を懲らしめてくれた男である。

「お忘れでしょうか。以前外神田で、あなた様に助けていただいた居酒屋の女将《おかみ》です」

「ああ、あのときの」

どうやら思い出してもらえたらしい。浪人者がぽんと手を打ち、お妙はほっと微笑みを浮かべた。

「失礼ですが、このような所でいったいなにを?」

「水を飲んでいる」

「大福餅をご覧になっていましたけど」

「金がない。見た目と香りを楽しんで、水でごまかしているところだ」

一つ四文の大福餅すら買えぬとは、よほどの困窮ぶりである。「ちょっとお待ちください」と言い置いて、お妙は大福餅を二つ買った。

懐紙に包んで持っても熱いほどの焼きたてだ。お妙は「あつあつ」と呟きながら浪人の元に戻り、「どうぞ」と一つ差し出した。

「いらぬ。もらう謂《い》われはない」

「ありますよ。先日のお礼です」

引かずにずずいと突き出すと、浪人者はようやく大福餅を手に取った。節くれだった大きな手だ。一度は断ったものの、顔に近づけられると食欲が勝ったのだろう。ばく、ばく、ばくと、ほんの三口で食べ終えてしまった。

お妙はもう一つの大福餅も握らせてやる。

「よろしければ、これもどうぞ」

「かたじけない」

よほど飢えていたようだ。そちらもまたたく間に、浪人者の腹の中へと消えていった。

「すまない、二つとも食ってしまった」

さほど表情を変えぬ男が、はじめて恥じ入るように目を伏せる。こんな顔もするのかと、お妙は意外な思いでそのこめかみ辺りを見上げていた。

急にものを食ったせいか、まだ足りぬという催促なのか、浪人者の腹の虫が盛大に鳴る。

「す、すまぬ」

五日前はあんなに強かったくせに。目の縁を赤く染めているその男に、「気にしません」と微笑みかける。

「つかぬことを伺いますが」

聞くべきか否かと迷っていたが、気の緩みから言葉がぽろりとこぼれ落ちた。お妙はそのまま先を続ける。

「あなた様のお住まいは、麴町界隈だったのではありませんか?」

四

閏二月十日の麴町の火事は、三井越後屋と肩を並べる大呉服店、岩城《いわき》升屋から火の手が上がり、山元町《やまもとちょう》や平河町《ひらかわちょう》にまで飛び火して、四丁目裏町通りは全焼の憂き目を見た。まさにその裏町に、浪人者の住んでいた長屋はあったという。

「なぜ分かった」

「先日助けていただいたとき、袖口から焦げたようなにおいがしておりましたので」

ゆえに着の身着のまま焼け出されたのだろうと察した。今日も同じ着物だが、垢《あか》じみたせいか、においはいくぶん薄まっている。

「差し支えなければ、うちにいらっしゃいませんか。もう少しお腹《なか》に溜《た》まるものが出せますから」

「や、もう大福餅を頂戴《ちょうだい》したので」

「あんなものだけじゃ、お礼にはなりません」

重ねて誘いかけると浪人者は、素性を見破られたことでもあるし、観念したようについて来た。道中名を尋ねると、草間重蔵《くさまじゅうぞう》と名乗った。

重蔵は上野国《こうずけのくに》から流れて来、江戸に落ち着いてからは手すさびに木を削って根付を拵え、細々と食い繋《つな》いできたらしい。そんな暮らしにも慣れてきたころに火事によって焼け出され、寄る辺のない江戸の町をさまよっては、橋の下や商家の軒先を借りて休んでいた。

季節が冬ではなかったのがせめてもの救いだと、重蔵は苦笑交じりに言ったものだ。

神田花房町の『ぜんや』に着くと、お妙はまず竈《かまど》に火を熾《おこ》して湯を沸かし、固く絞った手拭いを渡してやった。

火事に遭ってからというもの、行水といえば川の水。温かい手拭いは、ことのほか喜ばれた。

「少しお待ちくださいね。なにか、温まるものを作りますから」

お妙はいそいそと、調理場の内側に回り込む。床几に掛け諸肌《もろはだ》脱いで上体を清めている重蔵は、肩から背にかけての筋肉が発達しており、よほどの鍛錬を積んできたと思われる。

「ああ、すまないが」

なにげなく眺めていると、重蔵がそう言って顔を上げたので、お妙は慌てて目を伏せた。

「はい、なんでしょう」

「水ばかり飲んでいたせいか、実は腹の調子があまりよくない。できればさっぱりしたものにしてくれぬか」

「そうですか。かしこまりました」

ならば湯漬けのような、さらりと搔《か》き込めるものがいいだろう。だがそれではあまりに芸がない。

体が温まって、なるべく胃が驚かぬもの。

お妙は今朝早くから下拵えをしておいた食材に目を落とし、それから三河屋で買ってきた味噌を見て、にまりと笑った。

丁寧に引いた出汁《だし》に赤黒い味噌を溶くと、甘みのある深い香りが広がった。いい味噌は香りだけでなく、味にも奥行きを出してくれる。お妙は汁を小皿に取り、味を見て満足げに頷《うなず》いた。

その汁に刻んだ葱《ねぎ》を入れ、しんなりするのを待って火から下ろす。土鍋で炊いておいた飯を器に盛り、その上から汁を回しかけた。

「簡単なものですが」と断って、箸《はし》と匙《さじ》を添えて出す。重蔵は「ほう」と軽く眉を持ち上げた。

「深川飯か」

「ご存じでしたか」

「昨日今日江戸に着いたわけではないからな」

貝の身を煮た味噌仕立ての汁を、飯にぶっかけて食す深川の漁師飯である。後年浅蜊《あさり》に取って代わられるが、このころは馬鹿貝の身を使う。深川の浅瀬では、それこそ馬鹿のようにこの貝がよく取れる。

「では」とひと声かけ、重蔵が器を手にした。音を立てて汁を啜ると、腹の底からほっとしたような息をつく。

只次郎のように、「旨い！」と叫ぶわけではない。だが温かい汁が、重蔵の体に染み渡ってゆくのがよく分かる。そのままものも言わずに箸を取り、ほどよくふやけた飯を掻き込んだ。

カッカッカッ、箸が器の底を叩く。あっという間に平らげてしまったらしい。

「お代わりありますけど」

そう申し出たお妙の前に、器が無言で差し出される。気持ちのいい食いっぷりだ。米粒一つ残っていない器を受け取り、お妙はふふっと笑みを洩らす。まるで自分まで汁を平らげたかのように、腹の底が温かかった。

「それにしてもこの馬鹿貝は、拙者《せっしゃ》が知っているのとはちと違う気がするのだが」

二杯目に入り、少しは中身を気にする余裕が出てきたのだろう。馬鹿貝の身を箸で摘まみ上げ、重蔵が小首を傾《かし》げている。

お妙は箸休めにコゴミの胡麻和《ごまあ》えを置いてやり、べろりと舌を出しているようにも見える剝《む》き身に目を遣った。

「ああ、それはたぶん、ワタを取っていないからですね」

馬鹿貝は、漁師町の女房がせっせと剝き身にしたものがよく出回っている。その際にワタは捨てられ、舌切りと呼ばれる赤い身と、小柱だけが食される。

「馬鹿貝は浅蜊のように塩水に漬けておいても、砂を吐き出さないんですよ。だから普通はワタを取ってしまうんです」

「なるほど。だがさっきから食べているが、少しも砂を嚙《か》まんぞ」

「ええ、だって下拵えのときにうんと洗いましたから」

今朝はたまたま殻つきの馬鹿貝が手に入り、それならばと砂抜きに挑戦することにした。

まずはたっぷりの湯で茹《ゆ》でこぼし、剝き身にしてから根気よく揉《も》み洗いをする。さらに貝紐《かいひも》のところから一つ一つ身を裏返して洗い、もう一度熱湯でサッと茹でる。それを優しく揉み洗いして冷水で締めれば、ようやくワタまで食べられるのだ。

「それはなんと言うか、手間だな」

「でしょう。ふと気づけば半刻以上は砂と格闘していました」

それでも身をばらばらにしてしまうよりは、煮たときの食感がいい。舌切りの部分は後年握り寿司《ずし》が流行《はや》りだすと「青柳《あおやぎ》」という風流な名で呼ばれ、ますますワタの出番はなくなる。だがこのぷりっとした弾力を楽しむために、手間は惜しむべきでない。

「恐れ入った。これほど手の込んだ深川飯は、おそらく他では味わえんな」

二杯目もすっかり空にしてから、重蔵は器に向かって手を合わせる。ぶっきらぼうだが、そういった仕草には誠意を感じた。

「お妙さんは、この店を一人で切り盛りされておられるのか？」

「えっ」

急に名を呼ばれてびっくりした。折敷《おしき》を下げようとした手がぎこちなく止まる。

「どうなさった」

「いえ、なんでもございません。夫に先立たれてからは一人です」

重蔵の名を聞いたときにこちらも名乗っているのだから、なにもおかしいことはない。だがどういうわけかその低い声で名を呼ばれると、胸がやけにざわついた。

「それは辛《つら》いことを聞いてしまった」

「いいんです、よく聞かれます」

お妙は気を取り直して折敷を下げ、代わりに茶を淹《い》れてやった。まだまだ重蔵の滞在を引き延ばしたい。そういう思いが湧《わ》いてきた。

「草間様は、なぜ国元を出られたのですか？」

これは少し、突っ込んだことを聞きすぎてしまったか。重蔵はなにも言わず、じっとうつむく。

武士には武士の事情がある。国元を後にして流浪の身となったからには、なにかしら問題が起こったのだ。そのあたりを汲めぬお妙ではなく、いつもなら相手が話したがらないかぎり詮索《せんさく》するような真似《まね》はしないが、重蔵のことはもっと知りたくなっていた。

「すみません」

沈黙を拒絶と取り、お妙は己の無礼を詫《わ》びる。

重蔵は、弱ったように首の後ろを掻いた。

「いや、謝ってもらうほどのことでは。ただどうも自分の中で、まだうまく整理ができておらん」

では先ほど黙り込んだのは、喋《しゃべ》るつもりがなかったのではなく、なにをどう語っていいか分からなかったからか。

「よほどのことがおありだったんですね」

「そんなたいそうなことではござらん」

湯呑《ゆのみ》を取って茶を啜り、重蔵は唇の端にじわりと笑みを滲《にじ》ませた。

「だがまいったな。そなたを前にすると、くだらぬことまでつい喋ってしまいそうだ」

「ええ、それで草間様が楽になるのでしたら」

「これはまこと、砂抜きの名人だ」

どうやら冗談を言ったらしい。砂を吐かぬ貝であっても、お妙の手にかかれば洗いざらい吐かされてしまう。あまり面白くはなかったが、お妙は袖で口元を隠し「ふふっ」と笑った。

「よし、ならば言わせてもらおう」と、重蔵はその場で居住まいを正す。

だがその口から出てきたのは、お妙が期待した打ち明け話ではなかった。

「まずはあれだ、得体の知れぬ男に『一人か』と聞かれ、『一人だ』と答えるのはよしたがいい」

「はぁ」

話の筋を逸《そ》らされて、お妙は気の抜けた相槌《あいづち》を打つ。その目つきの鋭さは、伊達《だて》ではないのか、案外食えぬ男である。

「『はぁ』ではない、危ないだろう」

「ですが草間様は、なにもなさらないじゃないですか」

「寡婦のくせに、男というものが分かっておらん。豹変《ひょうへん》して、襲いかかるやもしれぬぞ」

「あら、怖い」

男女の機微に疎《うと》いのは否めないが、真面目《まじめ》腐った顔でそんな忠告をしてくる男に手を出されるとも思えない。軽く聞き流したつもりなのに、重蔵は「そうだ、男というものは怖いのだ。心しておけ」と頷いた。

「それから今にも抜刀しそうな侍の前に、身一つで割り込むのも感心できん」

「ええ、その節はどうも」

「礼はいい。だがもっと自分を大事にしたほうがいい」

言われてみればあのときのお妙には、ひと思いに切り殺されても構わないという気持ちがどこかにあったのかもしれない。もちろんひどく恐ろしく、進んで命を落としたいわけではないが、近ごろ少し疲れてもいた。

小十人頭《こじゅうにんがしら》であった佐々木様の不可解な死と、駄染《だぞ》め屋の処刑。又三はなぜ殺されなければならなかったのか。解けぬ謎《なぞ》だらけだが、一つだけはっきりしているのは、お妙がいなければそもそもなにも起こらなかっただろうということだ。

元凶である自分さえいなくなれば、この先人を不幸に追い込むこともない。そんな心理が働いて、深く考えもせず体が動いていた。

お妙を大事に思ってくれる人たちのために、強く生きようと誓っても、ともすれば暗いほうへ引きずられそうになる。それはつまり、自分自身を大事とは思っていないからなのだ。

「ありがとうございます。気をつけます」

「分かればよい。ああいう場合はすぐに助けを呼びに行くことだ」

「助け――」と、鸚鵡《おうむ》返《がえ》しに呟いた。

そうは言っても、自身番に行って戻ってでは間に合わぬ。あのときはたまたま、腕っこきの重蔵が通りかかったからよかったものの――。

胸の上に手を重ね、お妙は「あの」と呼びかける。

そんなことを思いついてしまったのは、言い知れぬ不安がずっと腹の底にくすぶっていたからだろうか。行くあてのない重蔵に、お妙は意を決して切りだした。

「もしよろしければ、うちで住み込みの用心棒をなさいませんか？」

五

「豆腐、生揚げ、がんもどきー」

いつもの振り売りの声に、竈に火を熾していたお妙は顔を上げた。

この棒手振《ぼてふ》りが扱う豆腐は小石川《こいしかわ》に店を構える豆腐屋から卸したもので、大豆の味がしっかりしている。毎朝必ず買うと分かっているので、あちらも『ぜんや』の前に差し掛かると、歩みが牛のようにのろくなる。

「くださいな」と声をかけ、豆腐と生揚げを買い求めた。

「さて」

竈に昆布《こんぶ》を沈めた大鍋をかけ、お妙は買い揃《そろ》えた本日の食材を眺め回す。

独活《うど》、蕪、椎茸《しいたけ》、眼張《めばる》は煮つけか塩焼きか。表面を指で押すと色が変わる槍烏賊《やりいか》は、新鮮な証《あかし》。昼は刺身で出し、夜は蕪と炊き合わせてもいい。

なるべく無駄を出さぬよう、献立を決めるのに夢中になる。お妙にとっては楽しいひと時だ。やがて勝手口の戸が開く音がした。

「おはようございます」

相手が誰かは分かっている。笑顔を浮かべて振り返ると、両手に手桶を下げた重蔵が「ああ」と頷いた。

そのまま調理場に踏み込んできて、手桶の水を水甕《みずがめ》に空ける。

「あ、そんなことは私がやりますから」

「いや、力仕事は拙者が」

「用心棒の仕事ではないですよ」

「構わん。鍛錬の代わりだ」

出汁を引くためずいぶん水を使ったので、水甕はまだいっぱいにならない。重蔵は空になった手桶を持って、井戸へと引き返していった。

重蔵を雇い入れて、三日目の朝である。給金はさほど出せないが、美味しい三食は保証つき。それでもはじめ重蔵は、住み込みという一言《いちごん》に難色を示した。

「世間の目もあることだ、いくらなんでもそれは――」

「いえ、ここに住むのではなく、裏店に一つ空きがありますから」

ひとつ屋根の下に住むと思ったらしい重蔵は、己の勘違いに顔を赤らめた。これは紛らわしい言いかたをしてしまったお妙が悪い。ともあれ申し分のない食と住を用意され、重蔵には断るという選択がなくなった。

「そう、アンタが決めたならいいんじゃないか」

後から勤めに出てきたお勝も、相手が恩人の重蔵とあっては文句のつけようもない。

「でもね、浅はかな気持ちでこの子に手を出したら、その顔を縦横に引っ掻いてやるからね！」と、睨みをきかせることは忘れなかったのだが。

おタキの後の部屋は、幸い家財道具の処分がまだついておらず、無一文の重蔵には願ったりだった。話し合いの末、家賃は給金から差し引くこととなり、それならば取りっぱぐれがないと大家も安心したようだ。

「ちっとばかり安くしてやっとくれ。人が死んだばかりの部屋なんだからさ」

「このくそ婆あ！　だからそれを言うなって言ってんじゃないか！」

お勝と大家のおかみさんとで摑《つか》み合いの喧嘩になったのは、また別の話である。

「家財道具をくれてやるから、家賃は勘弁しておくれ。ああ、でも敷布団は捨てたほうがいいよ。死人が寝てたんだからね」

頰に引っ搔き傷をこしらえたおかみさんの助言により、布団と夜着は亡き良人、善助のものを干して使わせている。だが着物は善助のお古ではまったく丈が足らず、柳《やなぎ》原土手《わらどて》の床店《とこみせ》で見繕ってきた。

かくして重蔵は、『ぜんや』の用心棒となったのである。

とはいえただのしがない居酒屋に、そうそう事は起こらない。下手すりゃタダ飯食らいの昼行灯《ひるあんどん》。そうなることを恥じてか、気がつくと重蔵は男手がなくて後回しにしていた雨樋《あまどい》や、戸板の建てつけなどを黙々と直している。

「こりゃ拾いもんだったね」と、お勝などは雨水が流れるようになった樋を見上げて感心していたものである。

手桶を手に、重蔵が戻ってきた。水汲みも雨樋などの修繕も、生前は良人がやっていた仕事だけに戸惑いが大きい。善助は手桶を持ち上げてもこのように、腕の筋肉が盛り上がったりはしなかった。

相も変わらず素性を語りたがらないこの男を、どうして引き留めてしまったのだろう。その背中から、なぜか目が離せずにいる。

「なにか？」

視線に気づき、重蔵が振り返った。お妙は微笑んで首を振る。

勝手口の木戸が、またもや勢いよく開いた。

「お妙ちゃん、おっはよー」

おえんである。


重蔵は長屋のおかみ連中からも注目の的だった。特に子のないおえんは身軽ゆえ、なにかと口実を設けては様子を見にやってくる。

今朝の用向きは、「一緒に湯に行かない？」というお誘いだった。

「だって、しょうがないじゃない。気になるんだからさ」

朝の女湯は空いている。閑散とした洗い場に、甲高《かんだか》いおえんの声が響き渡る。

一度は断ったのだが、重蔵からも勧められ、朝餉と簡単な下拵えを済ませてから湯に繰り出した。どのみち客が少なく早仕舞いをするとき以外は、朝風呂《あさぶろ》になるのが常である。

「気になるって、草間様が？」

いつも亭主に過度な悋気を起こしているくせに、自分のことならいいのだろうか。お妙は掛け湯を使いながら、ひっそりと眉を寄せた。

「違う違う、草間様とお妙ちゃんのことがさ」

おえんは真っ白な胸乳を揺らし、豪快に笑い飛ばす。その裸体は季節外れの雪達磨《ゆきだるま》のようである。

「長屋の皆とも言い合ってんのさ。お妙ちゃんにもようやく春が来たんだねぇって」

「春？」

「またまた、とぼけちゃってぇ」

持参の糠袋《ぬかぶくろ》で肌を撫でつつ、お妙は首を傾げる。ふざけたおえんに乳房をつつかれ、「やだ、なにするんですか」と己を抱きしめた。

「あ、それって林様にもらった鶯《うぐいす》の糞入《ふんい》り？」

「ええ、そうです」

「貸して貸して」

糠袋まで奪われて、しかたなくもう一度掛け湯をする。おえんが一緒では、湯に来てもゆったり寛ぐどころではない。

「ああ、本当だ。心なしか肌がしっとりする気がするよ。お妙ちゃんはいいねぇ、ここにこしてりゃ、こんないい物がもらえんだから」

美容によいとされる鶯の糞は、買えばそれなりに高価である。羨《うらや》ましいのは分かるが、おえんの物言いにはあからさまに棘《とげ》があった。

「なにが言いたいんですか」

「べつに。ただ林様が、ちょっと可哀想《かわいそう》だなと思ってさ」

昨夜『ぜんや』に飯を食べに来た只次郎は、どことなく元気がなかった。酒樽《さかだる》に腰掛けて小刀で楊枝を削っていた重蔵に目を遣っては、溜め息ばかりついていた。

「でもま、しょうがないね。惚《ほ》れた腫《は》れたは、お釈迦《しやか》様にもどうにもできないんだから。お妙ちゃんが草間様を好きってんなら、引くしかないよ」

「ちょっと、やめてください。そんなじゃありませんから」

お妙はうんざりして立ち上がる。おえんも裏店のおかみ連中も、悪い人たちではないがいかんせん噂話《うわさばなし》が好きすぎる。ときにはこうして実体のないまま、噂が一人歩きをしてしまう。

「だけどあの人ちょっといい男だし、お妙ちゃんだってなにくれと世話を焼いてんじゃないか」

柘榴口《ざくろぐち》を越えて湯船に浸《つ》かると、おえんも構わずついてきた。手拭いを頭に乗せて、「ふう」と熱い湯に身を沈める。

「違います。草間様のことは、少し気がかりなだけです」

「だから、それが惚れてるってことだろ」

強く断じられて、お妙はしばし口をつぐんだ。

「お勝さんが言ってたよぉ。お妙ちゃんはまだ、恋ってものを知らないって。案外自分が一番気づいてないのかもしれないね」

そうなのだろうか。重蔵を見るとドキリとする感じ、もっと知りたいという気持ち、不穏なほどの胸のざわめきは、ひと言でまとめれば「恋」になるというのか。

「でもなんとなく、しっくりこないというか」

「そうだねぇ、恋にもいろいろあるからねぇ」

「あの人と夫婦になりたいとか、とくにないですし」

「はじまったばかりって、そういうもんだよ」

なにを言ってもおえんはまるで色恋の手練《てだ》れのように、したり顔で頷くばかり。なにがなんでもお妙の気持ちに、「恋」という名をつけてやりたいらしい。

「お妙ちゃんが後家になって、もう二年は経つだろ。ま、楽しみなよ。アタシは応援してるからさ」

なにがおかしいのかおえんは大声で笑い、分厚い手のひらで背中を叩いてきた。湯気が籠《こ》もり、隣にいるその顔すら霞《かす》んで見える。

お妙はぼやけた視界に目を凝らしながら、力なく「はぁ」と頷いた。

雛の宴

一

「はっ、ふっ！」

掛け声を発しながら、素振《すぶ》りをする。赤樫《あかがし》で作られた櫂《かい》型の木刀《ぼくとう》は真剣よりも重みがあり、大上段に構えて振るとその力に引っ張られ、たちまち上体が崩れてしまう。

三月一日。例年ならば桜の蕾《つぼみ》が膨《ふく》らむ頃合《ころあ》いだが、閏年《うるうどし》である今年はもはや江戸市中の花はすっかり散り果てた。朝も早くから外で諸肌《もろはだ》を脱いでいても、身の引き締まるような寒さはない。

むしろ心地よい日溜《ひだ》まりの中、林只次郎は酔っ払いのごとく空足《からあし》を踏んでいた。まだ五十回も振っていないのに、腕がだるくて上がらない。拝領屋敷の中庭で朝稽《あさげい》古《こ》をはじめて、今日で六日目。すでに前日までの疲れが身内に溜まっている。目が覚めて布団から起き上がろうとしただけでも、体がきしんでしょうがなかった。

只次郎は己の細い腕を見下ろし、重苦しい溜め息をついた。

元より武芸に秀でていたわけではないが、ここ数年稽古を怠《なま》けてきたせいで、さらに膂力が衰えている。こんなことではいけない。だが木刀を頭上に構え直そうとした只次郎は、重さを支えきれずによろめいた。

情けない。胸に溜まってゆくばかりのもやもやを吹き飛ばしてしまいたいのに、この調子ではいっこうに心が晴れぬ。只次郎はこめかみに流れる汗を拭《ぬぐ》いながら、ひとまず離れの縁側《えんがわ》に腰掛けた。

もやもやのきっかけは、神田花房町の裏店《うらだな》に住みついた一人の浪人者である。草間重蔵と名乗るその男は、なんと居酒屋『ぜんや』の女将《おかみ》であるお妙に請《こ》われ、店の用心棒に収まっていた。

いつもどおりふらりと飯を食いに行き、重蔵を紹介されたときの只次郎の驚愕《きょうがく》たるや。おそらく助けた鶴《つる》が機《はた》を織っているのを見てしまうより、間抜けな顔をしていただろう。

しかもそんな只次郎に、おえんやお勝がそっと耳打ちをしてくるのだ。

「お気の毒さま。でもね、好きなら引いてやることも大事だよ」

「残念だったたね。あんたにゃずいぶん、心を開いてると思ってたんだけどねぇ」

下手な助言や慰《なぐさ》めはいらない。お妙が重蔵を気にかけていることは、その振る舞いからも明らかだった。

なにせ重蔵が身じろぎをするたびに、はっとして目で追っている。店の片隅に置いた酒樽《さかだる》に腰を落ち着け、黙々と楊枝《ようじ》を削っているだけだというのに。見れば見るほど、只次郎と似たところはない。その鋭い眼差《まなざ》しも、がっしりとした肩つきも、腹に響く低い声も、こちらはまったく持ち合わせてはいなかった。

なにより重蔵は腕が立つ。酔って暴れた御家人二人を、通りすがりにやっつけてしまったほどだ。お妙が重蔵に惚《ほ》れたとすれば、あのときより他にない。

それに比べて只次郎ときたら、口八丁《くちはっちょう》で騒ぎを収めようとして失敗し、あろうことかお妙に身を呈《てい》して庇《かば》われてしまった。今どきは武士だからといって武芸を磨いても役に立たぬ、それより知恵だと嘯《うそぶ》いて、体の鍛錬《たんれん》を怠《おこた》ってきた挙句《あげく》、好いた女一人も守れなかった。

「くそっ」

思い出すだに腹立たしく、只次郎は悪態づく。珍しいことに、苛立《いらだ》っていた。もしも自分に腕っ節の強さがあれば、お妙を危険にさらすこともなく、浪人者だってお呼びでなかったろうに。

使い痛みのする二の腕を、ためしにグッと握ってみる。自分でも驚くほど柔らかい。おそらく腕力だけなら、おえんのほうが強いだろう。

今さら心を入れ替えて体を鍛えはじめたところで、遅きに失した感がある。そうと分かってはいても、居ても立ってもいられなかった。

母屋《おもや》の台所から、朝飯の炊《た》ける匂《にお》いがしてくる。さほど動いたわけでもないのに、米の甘い香りに誘われて、腹の虫がキュウと鳴くからいっそう惨めだ。

重蔵に意味ありげな視線を送るお妙など見たくはなく、ここ数日『ぜんや』には足を運んでいない。これまで甘やかされすぎた只次郎の胃袋は、旨《うま》いものに飢《う》えていた。

「叔父上《おじうえ》、終わりました!」

背後の障子がスパンと開き、姪《めい》のお栄《えい》が潑剌《はつらつ》と呼びかけてくる。物思いに耽《ふけ》っていた只次郎は、吃驚《びっくり》して亀《かめ》のごとく首を縮めた。

「こら、所作はしとやかに!」

「申し訳ござりませぬ」

本当に悪いと思っているのか、お栄はしれっと詫《わ》びてくる。この子もすでに、七つになった。その利口さを見込んで学問を教えてやる代わりに、近ごろはよく鶯《うぐいす》の世話を手伝ってくれる。

鶯にとっては、恋の季節だ。雄《おす》たちは互いに美声を競い、精力的に鳴きはじめる。

昨年の雛《ひな》の鳴き声をつけ直す時期でもあり、只次郎の元には各方面からつけ子の鶯が集まっていた。

もうしばらくすれば、今年孵《かえ》ったばかりの雛の世話でさらに忙しくなるだろう。只次郎にとっては書き入れ時、お栄の助力はありがたい。

鳥籠《とりかご》とそれを入れる籠桶《こおけ》の掃除を済ませ、他にまだないかという顔でお栄は隣にちょこんと座る。あとはすり餌《え》を作るのみだが、それぞれの調子を見ながら少しずつ配分を変えてゆくため、人任せにはできない。

「ありがとう。今日のところはもういいよ」

礼を言うと、お栄は誇らしげに胸を張った。

「実はメノウが籠から飛び出してしまい、少し大変にござりました」

「そう、よく捕まえられたね」

「叔父上の教えどおりに、部屋を閉め切っておりますれば」

そうでなければ事である。外に飛んで行った鶯は、二度と戻ってこないだろう。

もっともメノウは鳥屋の主人に誤って摑《つか》まされた雌《めす》であり、お馴染《なじ》みの歌声で鳴きはしない。これが愛鳥ルリオか預かりの鶯ならばもう少し焦っただろうが、メノウはお情けで飼っているだけ。「充分気をつけておくれよ」と、注意を与えるだけに留《とど》まった。

「ホー、ホケキョ！」

部屋の中からひと際大きな鳴き声がする。お栄は振り返りもせずに、「ルリオにございますね」と言い当てた。

「よく分かったね」

「分かりまする。どれだけ鳴きかたを習っても、ルリオの声の深さは他の鶯には真似《まね》できませぬ」

「そう、そうなんだよ。そのとおり」

だからこそ、ルリオは唯一無二の鶯なのだ。ここ数年つけ親として多くの弟子を取ってきたが、ルリオを超える者はおろか、並ぶ者すら出なかった。

それだけに、後継を育てるのが難しい。赤裸の雛だったルリオを拾ったのは、お栄が生まれた年のこと。飼い鶯の寿命は八年としても、そろそろ老境に差しかかっている。いよいよ今年こそ、いい雛が育たなければ鶯稼業もおしまいかもしれない。

恋敵《こいがたき》は現れるし、只次郎の経済も先行きが不透明。もしや厄年《やくどし》かと疑いたくなってくる。

「聞いてもいいかい。お栄は腕っ節は強いが知恵のない男と、知恵はあるが軟弱な男、夫婦《めおと》になるならどちらがいい？」

　気が弱っているせいで、まだ幼い姪にまでこんな問いかけをしてしまう。

　お栄は利発そうな目をぱちくりと見開いていたが、しっかりとした口調で答えた。

「栄は腕っ節が強く、知恵もある殿方と夫婦になりとうございます！」

「はは、そりゃそうだ」

　その迷いなき眼差しに押され、只次郎は腰を上げる。座したまま愚痴《ぐち》をこぼしているばかりでは、己が腐ってゆくだけだ。せめてあと三十回、素振りをしようと心に決めた。

「数を数えておくれ」とお栄に頼み、木刀を振り上げる。

「かしこまりました。いち、に、さん、し、ご――」

「ちょっと、速い。速いよ！」

　幼いお栄は容赦がない。その速さについていこうとすると、たちまちへばりそうになり、只次郎は悲鳴を上げる。

「やかましいぞ、只次郎！」

　明かり取りの障子が開き、兄の重正《しげまさ》が顔を出したかと思うと、すぐにぴしゃりと閉められた。あそこは兄夫婦の寝起きする、母屋の六畳間だ。

「腕っ節だけの殿方とは、もしや父上のことにござりますか？」

お栄が声を落として囁《ささや》くものだから、只次郎は笑ってしまい、しばらく木刀が振れなくなった。

二

朝飯を食べ終えてからお栄が再び離れに顔を出すのは、もはや日課となった。胸に御伽草子《おとぎぞうし》などを抱え、「読んでくだされ」と元気に中庭を横切ってくる。実は学問をしているのだということは二人だけの秘密だから、そうやってごまかしているのである。

兄嫁のお葉は「お邪魔ではありませんか」と気を遣うが、どのみち部屋住み次男の一日は長い。お栄の相手は只次郎にとっても楽しみの一つだった。

「義を見て為《せ》ざるは、勇なきなり」

「よろしい。意味は？」

「行うべきことを前にしながら、なにもしないのは、臆病者《おくびょうもの》であるということにござります」

今朝の講義は『論語《ろんご》』である。この歳《とし》で素読ができるだけでも立派だが、内容まで理解するようになってきた。四書《ししょ》の中ではもっとも読みやすい書物とはいえ、お栄の飲み込みの早さには舌を巻く。

「すごいね、よく覚えている」

「これを知るはこれを好む者に如《し》かず。これを好む者はこれを楽しむ者に如かず」

褒《ほ》めてやると、なんと同じく『論語』の一節で返してきた。

知識があるだけではそれを好む者には敵《かな》わない。好む者も、それを楽しむ者には敵わない。つまりお栄にとってはこのつかの間の学問が、楽しくてしょうがないのだろう。

「父上も、昨夜は遅くまで『論語』を読み直しておりました。でも眉《まゆ》をしかめて、ちっとも楽しそうではござりませんでした」

一方で隠れて学問をしなくてもよいはずの重正には、それを楽しんでいる気配がない。我が父ながら不思議でたまらないという顔で、お栄は小さく首を傾《かし》げた。

「兄上の場合は、学問吟味のために渋々だからね」

知恵より腕っ節の男ながら、重正は九月に湯島《ゆしま》聖堂で執り行われる学問吟味に挑戦するつもりである。己の意思というよりは、只次郎に乗せられた格好だ。

ことの発端は今年の二月、勘定奉行《かんじょうぶぎょう》久世丹後守様の用人《ようにん》である柏木殿にルリオを譲ってくれとせがまれて、只次郎が断ったことにある。久世様とお近づきになり、あわよくば勘定衆へと口を利いてはもらえまいか、そんな淡い期待を抱いていた重正は、只次郎を大いに責めた。

「家督を継げぬお主にはかかわりのないことかもしれんが、馬鹿なことをしてくれたものよ」

「かかわりがないなどとは思っておりませぬ」

「ではなぜ断った」

「兄上ならば、実力で上にいけると信じているからです。学問吟味を受けませい」

兄の居室に呼び出された只次郎は、そう言って畳に手をついた。

昔から武の重正、智の只次郎と親に言われ、学問に関しては弟に引け目を感じてきた兄である。実力を認めていると告げられて、悪い気はしなかったのだろう。

「当然だ。よし、お主がそこまで言うなら受けてやろう」と相成った。

頑固なところのある兄だが、なかなか単純なのである。

試験の科目は小学、四書、五経、歴史、論策があり、受験者が自ら受ける科目を申し入れることとなっている。重正はその中から四書を選び、朝早くから夜遅くまで、頭から煙が出るのではないかというほど書物に向き合っていた。

「叔父上は、学問吟味を受けぬのですか」

擂鉢《すりばち》に青菜と鮒粉《ふなこ》、それから少量の水を入れて擂《す》り混ぜていると、お栄が思い出したように尋《たず》ねてきた。只次郎は手を止めぬまま、大仰に顔をしかめる。

「困るよ。いい成績を取ってしまったら、また婿《むこ》養子の話が持ち上がってしまうだろう」

まっとうな武家の二、三男ならば、これを機にいい養子先を見つけようと発憤《はっぷん》するもの。だが只次郎は自分の稼ぎがなくとも林家の家計が立ちゆくならば、いつだって身分を捨ててもいいと思っている。そのような執着はすでになかった。

「叔父上は変わり者にござりますね」

「お栄だって人に言えないだろう。人形遊びより学問のほうが好きなんだから」

「栄は、人形もちゃあんと好きでございます。明後日《あさって》の雛祭りも楽しみにしておりますれば！」

変わり者の叔父からさらに変わり者扱いをされ、お栄はむきになった。顔を真っ赤にして怒る様が愛らしく、只次郎は忍び笑いを洩《も》らす。

「中行《ちゅうこう》を得てこれに与《くみ》せずんば、必ずや狂狷《きょうけん》か。狂者《きょうしゃ》は進みて取り、狷者《けんしゃ》は為《な》さざる所あり。はい、意味を答えてごらん」

「中庸《ちゅうよう》の徳を得た人物との交際がならぬなら、狂者か狷者と交わるとよい。狂者は進んでいいことを受け入れ、狷者は悪いことをいたしませぬから」

「そうだね。狂者はいちずに理想に走る者、狷者は自分の意志を曲げぬ者。どちらも変わり者だけど決して私欲に走ることはないから、せめてそういう人物とつき合えということだ。変わり者というのは、さほど悪くはないんだよ」

この講釈はさすがにまだ難しかったか、お栄は怒りも忘れてきょとんと目を丸めている。書物の当てはまるところを探して開き、幾度か読み返して顔を上げた。

「栄にはまだ分かりませぬ。ですが叔父上が栄を煙に巻こうとなされたことは分かりました」

ずいぶん口が達者になった。なかなか鋭《するど》い姪である。


「ところでその雛祭りに、八丁堀《はっちょうぼり》のお爺々《じじ》様をお誘いしたというのは本当かい？」

お栄の言葉どおり、明後日は桃の節句。林家の奥座敷にはすでにお葉が嫁入りのときに持ってきたものと、お栄の初節句に買い求めたもの、二組の内裏雛《だいりびな》が並べて飾られている。三日の昼にはささやかながら、家族で膳《ぜん》を囲んで祝おうという話になっていた。

「はい、栄はお爺々様にはあまりお会いしたことがござりませぬゆえ」

八丁堀のお爺々様というのはお葉の父、吟味方《ぎんみかた》与力の柳井殿のことである。

実の親子ながら柳井殿とお葉の間柄は、あまり良好とは言えなかった。派手好みの父と質素倹約を旨《むね》とする娘、それだけでも相性は悪そうだが、柳井殿がお葉の不器量をからかってきたことも、深い根を残している。

それゆえ只次郎に用があってこの拝領屋敷を訪れたときも、柳井殿はこっそり裏口から入り、お葉や孫たちには会わずに帰った。いくらお栄の頼みとて、雛祭りの宴《うたげ》になど来るのだろうか。

「お越しいただけるそうです」

「はぁ、それはそれは」

柳井殿も、ずいぶん思い切ったこと。伊達男《だておとこ》を気取っていても、孫には弱いようである。

「叔父上、ゆめゆめ忘れてはおられぬでしょうね」

「はて、なんだろう」

「栄との約束の、手鞠《てまり》寿司にござります！」

文机《ふづくえ》の前から離れ、お栄は真剣な眼《まなこ》でこちらに膝《ひざ》を進めてくる。食いしん坊なところは、只次郎に似ているのかもしれない。

「ああ、あれね」

雛祭りの手土産にと、『ぜんや』のお妙に注文している、ひと口大の寿司である。元々は酒問屋升川屋のご新造《しんぞ》、お志乃の見舞いのために考えられた料理らしいが、見た目があまりに愛らしいので、桃の節句に合わせて売り出すことにしたそうだ。

その狙《ねら》いは当たり、先月の半《なか》ばですでにお妙が捌《さば》きれる量の上限に達し、注文は打ち切られた。大伝馬町菱屋のご隠居を筆頭に、娘や孫娘のいる常連客が、家人の点数を稼いでおこうと考えたのだろう。

「もちろん、忘れずに注文してあるよ」

鶯の餌を作り終え、只次郎は立ち上がる。

もう少し体を鍛えてからにしたかったが、これでは『ぜんや』に顔を出さぬわけにはいかない。手鞠寿司を頼んだ者は、そのための容《い》れ物を前日までに届けておく決まりになっていた。

その案を出したのは、只次郎である。折箱を用意したところでごみになるし、どうせ家で重箱などに移し替えることだろう。言い出しっぺが、それを守らぬわけにはいかない。

しょうがない、今日の夕飯は『ぜんや』で食べよう。あまり間が空くと、行きづらくなるのも事実である。

そう決めると現金なもので、口の中にじわりと唾《つば》が湧《わ》いてくる。あの浪人者といるお妙を見ると胸が痛むはずなのに、只次郎の舌は今宵《こよい》の飯を待ちきれぬようだった。

順番に鶯の籠桶を開けて、餌猪口《えさちょこ》にすり餌を盛ってやる。本鳴きに入り、やはり腹が空《す》くのか鶯たちはよく食べる。あまり肥えすぎてもいけないから、食い意地の張っている鶯の餌は青菜の配分を強めてある。

先に預かりの鶯たちに餌をやり、さて次はメノウの番だ。籠桶についた障子戸を開け、只次郎は「あれっ」と首を傾げる。中はもぬけの殻《から》ではないか。

もしやと思ってルリオの籠桶を開けてみると、止まり木に二羽が並んでおり、互いに毛づくろいをし合っていた。見比べて体がやや大きいのがルリオ、脚《あし》が短くずんぐりしているのがメノウである。

「こら、一緒にしちゃ駄目じゃないか」

「ですがメノウは真《ま》っ直《す》ぐに、ルリオの籠に向かって飛んだのです。きっと夫婦になりたいのだと思います」

掃除の際に籠を抜け出したメノウは、すぐ隣のルリオの籠に止まったそうだ。ためしに蓋《ふた》を開けてやると、自ら中に入って行った。メノウもれっきとした雌である。毎日聴き続けてきたルリオの美声に、惚れてしまったのかもしれない。

「そうか、お栄は優しいね。でも残念ながら飼い鶯は、夫婦にはなれないんだよ」

「なぜにござりますか」

「なにが悪いのか、雄と雌を一緒にしても番《つが》わない」

「番うとは？」

聡《さと》い子ではあるが、男女の交わりを教えるのはまだ早い。只次郎は「ええっと」と言い淀《よど》む。

「とにかく、卵を産まないんだ」

野鳥とはそういうもの。おそらく外で好きに飛び回っているのと籠の中では、まったく勝手が違うのだろう。たとえメノウにその気があっても、叶《かな》わぬ恋というものだ。

そうだ男と女の間には、気持ちだけではどうにもならぬこともある。お妙と重蔵も然《しか》りではないか。

なにがあったか知らないが、重蔵は浪人となって上野国から流れてきたと聞いている。ならば今は『ぜんや』の用心棒に収まっていても、いずれ仕官を遂げたいと願っているはず。

そうなればお妙とは身分違い。武士であることにこだわらぬ只次郎とは、そこが違う。

「夫婦には、きっとなれない」

メノウの体を優しく包み、空の籠に戻してやる。あの二人にもこんなふうに、遠からず別れの日がくるのだろう。

だから決して、焦ってはいけない。今はじっくりと待つときだ。

「叔父上が、なんだか悪い顔になっております！」

企《たくら》む只次郎の顔を見て、お栄が「あはは」と声を上げて笑った。

三

すっかり昼が長くなったもの。少し埃《ほこり》っぽい春の陽気の下、只次郎は神田花房町の、路傍にぽつんと佇《たたず》んでいた。

まだ昼八つ半（午後三時）を過ぎたころ。夕飯には早い時刻だが、待ちきれずに来てしまった。目の前には、居酒屋『ぜんや』の障子看板がある。

入り口の戸は開け放たれ、そこから洩れる気配からすると、昼の混雑はもう終わったようだ。あの浪人者はいるのだろうか。恐る恐る覗《のぞ》き込んだ只次郎の眼前に、猿《ましら》のような顔がぬっと突き出された。

「なにやってんだい、さっきから。入るのか入らないのか、はっきりしな」

すわ妖怪《ようかい》かと身構えたが、この居酒屋の給仕、お勝であった。「ひっ！」と声を上げて後退《あとじさ》ってしまった只次郎は、決まり悪く頰《ほお》を掻《か》く。入るか入るまいかと迷っていたことまで、お見通しのようである。

「あら、林様。おいでなさいまし」

お勝の背後からひょっこりと、お妙が顔を覗かせた。久しぶりに見るせいか、美しさが目に眩《まぶ》しい。

「少しご無沙汰《ぶさた》ですね。お忙しかったんですか？」

「まぁ、鶯のほうでちょっと」

「そういう時分ですものね」

指折り数えてみれば七日ぶり。ずいぶん経《た》ったと思っていたが、さほどでもない。

「おや、お侍さん。しばらくだねぇ」

店の中に一つしかない床几《しょうぎ》には、先におえんが座っていた。奴《やっこ》を食べたと思《おぼ》しき空の器が、その傍らに置かれている。

「あんまり顔を見ないから、気鬱《きうつ》で寝込んじまったかと思ったよ」

おえんもお勝も只次郎の無沙汰のわけなど見抜いており、にやにやと笑いながら目を見交わす。ただ一人お妙だけが、「まぁ」と気遣わしげに眉を寄せた。

「なにかあったんですか？」

あったかと問われれば、たしかにあった。だがお妙を前にして打ち明けることではない。

言い淀んでいると、お勝が横から口を挟んだ。

「この子ったら、アンタがまた無茶やってんじゃないかって、心配してたんだよ」

「えっ、本当ですか」

「んもう、ねえさん！」

只次郎とお妙の声が重なった。

たった七日の不義理で心配してもらえるのなら、まんざらでもないのではなかろうか。淡い期待を抱いた只次郎の胸に、お妙の次の言葉が突き刺さる。

「ちょうどシロも姿を見せなくなったから、どうしているのかと思っただけですよ」

「はぁ、シロですか」

この店に餌をねだりに来る、白猫の名前である。只次郎はがくりと肩を落とし、おえんの隣に腰を下ろした。

「そりゃあしょうがないさ、猫だって恋の季節だもの。今ごろどこかでしっぽり、うひひ」

「はぁ、お好きですねぇ、おえんさん」

鳥や猫でさえ恋を語らっているというのに、人である自分はいったいなにをしているのだろう。只次郎は少しばかり泣きたくなった。

「こちら、お預かりしますね。お酒、ひとまず一合でいいですか？」

風呂敷《ふろしき》に包まれた重箱を受け取り、お妙が軽く首を傾げる。

今のところ、酒を酌《く》み交《か》わす相手は誰《だれ》も来ていない。まずは一合でいいだろう。只次郎は「お願いします」と頷《うなず》いた。

調理場へと引き上げてゆくお妙の、襟足がいっそう艶《つや》めいて見えるのは気のせいだろうか。まさかしばらく来ぬうちに、あの浪人者といい仲になってはいまいかと、只次郎は勝手口のほうに目を転じた。

日の差さぬ薄暗がりで酒樽に腰を掛け、重蔵が小刀でなにかを削っている。只次郎たちの無駄話には関心がないらしく、影を背負って座す様は、実に絵になっていた。

古着の裄《ゆき》が短い上に、肘《ひじ》まで捲《まく》り上げているため、たくましい腕が見えている。肘の下の筋肉が発達しているのは、よほど剣を振ってきたからだろう。

只次郎は己の軟弱な腕が覗かぬように、羽織の袖《そで》をついと引く。

「どうしたの、お侍さん。さっきから動きがぎくしゃくしてないかい？」

なんでもないふりをしていても、急にはじめた鍛錬のせいで体中がきしんでいる。おえんに肩をぽんと叩《たた》かれて、只次郎は声にならぬ悲鳴を上げた。


お妙の滑《なめ》らかな白い手がちろりを傾け、盃《さかずき》を満たす。酒自体、七日ぶりだ。喉《のど》の奥をとろりと甘い炎が舐《な》めたような感覚に、只次郎は腹の底から息をついた。

「はぁぁ、旨い！」

そして酒の肴《さかな》ももちろん旨い。独活《うど》の胡麻和《ごまあ》え、こごみの酢味噌和《すみそあ》え、若竹煮などはいかにも春らしく、煮物になっているひじきもちょうど今が旬である。独活とこごみはほんのりと野の味がして、若竹煮は若布《わかめ》からも筍《たけのこ》からも実にいい出汁《だし》が出ている。

恋の病も只次郎の、箸《はし》の勢いを止めることはできないのか。いつもどおりの健啖《けんたん》ぶりに、お勝には「まったく、アンタはこれだから」と呆《あき》れられた。

「だけどなんでまた、急に体を鍛えようなんて思ったのさ」

おえんには体中が痛むわけをしつこく問われ、吐かされた。それだけでは飽き足らず、さらに突っ込んだことを聞いてくる。その嬉《うれ》しそうな顔からすると、すでに答えを知っているにもかかわらず、である。

「言わないと、また肩を叩くよ」

取り合わずに盃を干していると、ついに脅しをかけてきた。

「よしてくださいよ」

只次郎は己を抱きしめ、尻を捩《よじ》っておえんから遠ざかる。だがあちらも逃がすまいと、わざわざ立って追ってきた。

「んもう、やめてやんな。お座り！」

珍しく、庇ってくれたのはお勝である。おえんは色恋の噂《うわさ》が好きで、そのむきの話になるとやけに張り切ってしまうところがある。お勝にはいいかげんそれが鬱陶《うっとう》しかったのだろう。

「お武家様が体を鍛錬するのは、あたりまえのことですよ。ねぇ、林様」

「え、ええ。もちろんです」

お妙はお妙で、善意の解釈で只次郎を追い詰めてくる。ここ数年武士らしくせねばと思ったことなど一度もないが、しどろもどろに頷いた。

微笑《ほほえ》みを返してくるお妙の、視線がふと只次郎の頭を越える。その先に重蔵がいるのであろうことは、振り返らずともよく分かる。

「あら、ちろりが空になってしまいましたね」

中の酒をすっかり注《つ》いでしまい、お妙は軽くちろりを振った。目だけで「どうします？」と尋ねてくる。

ほのかな酔いも手伝って、只次郎は思い切って首を巡らした。

「重蔵殿と申されましたか。どうです、ご一緒に」

先日お妙に紹介されて挨拶《あいさつ》だけは交わしたが、こちらから声をかけるのははじめてである。うつむいて作業に集中していた重蔵ははっと顔を上げ、注意して見なければ分からぬ程度に頬を弛《ゆる》めた。

「いえ、拙者は。お気持ちだけで」

余計な事は喋《しゃべ》らずに、要点だけを返してくる。舌のよく回る只次郎とは、そういうところもまったく違う。

お妙の好みは寡黙《かもく》な男だったのか。胸の内がもやもやし、断られたというのについ絡んでしまう。

「もしや、下戸《げこ》ですか？」

「拙者は、用心棒としてここにおりますゆえ」

もしものときに、酔っていては仕事にならぬと言いたいらしい。なんと律儀な男だろう。この小さな居酒屋で、切った張ったの大立ち回りなどそうそう起きるものではない。

「重蔵さん、いいんですよ。たまにはお酒を召し上がってくださいな」

雇い主のお妙に勧められても重蔵は、「いいえ」と頑《かたく》なに首を振る。だがそれよりも只次郎は、お妙が「重蔵さん」と呼びかけたことに気を取られてしまった。

武士とはいえ浪人者ゆえ、気安いのは分かる。だが七日前にはまだ、「草間様」と呼んではいなかったか。思いがけぬ親しさに、腹の底がじりりと焦げる。

「あの、お妙さん。今日の魚は？」

只次郎は慌ててお妙の注意をこちらに引き戻した。やはり『ぜんや』に顔を出さないのは駄目だ。知らぬ間にお妙と重蔵が親密になってしまう。

「魚ではなく貝ですが、蛤《はまぐり》の杉焼きをご用意しております」

「ではそれを。酒も一合追加で」

少なくとも料理を用意している間は、お妙も重蔵を見はしない。いつもなら杉焼きとはどういうものですかと聞くところだが、只次郎にその余裕はなかった。

四

七厘《しちりん》に載せられた杉板が、深い森の奥にいるような清々《すがすが》しい香りを放っている。火がつかぬよう、ひと晩水に浸《つ》けておいたらしく、その水気が蒸発してよけいに香りが立っている。薄い杉板の上には塩が敷き詰められ、さらに大ぶりの蛤が三つ並べられていた。

ただの網焼きでも充分旨いはずなのに、なんと憎い趣向であろう。目と鼻を楽しませ、只次郎は先ほどよりもゆったりとした心地になった。いい料理はただ旨いだけでなく、心も穏やかにしてくれる。

やがて貝の口がぽこんと開き、只次郎は「おおっ！」と歓声を上げた。貝の出汁がじゅくじゅくと泡立ち、煮えている。蛤にとってはおそらくたまったものではなかろうが、見ているこちらは涎《よだれ》が出てくる。

「うわぁ、なんだいこりゃはじめて見たよ。旨そうだねぇ」

おえんまで、指をくわえて覗き込む。三つしかないというのに、もの欲しげな目を向けてきた。

「しょうがない、一つだけですからね」

「やったぁ。お侍さん、さすがだね。ヨッ、日本一！」

まったく調子のいいことだ。お妙がくすくすと笑いながら、焼けた蛤を下に敷いた塩ごと皿に盛る。貝殻の中に溜まった出汁をこぼさぬよう、動作は慎重だ。

「ぜひこのまま、塩で召し上がってみてください」

江戸者の只次郎としては、ここで醤油《しょうゆ》を垂らしたいところだが、ぐっと堪《こら》えることにする。箸先にちょんと塩をつけ、貝殻に口を寄せて出汁ごと啜《すす》り込んだ。

「う〜ん！」

目をつぶって堪能する。貝の出汁というのはどうしてこうも、深みのあるものなのだろう。

「うっまぁい！」

言葉は遅れてやってきた。肉厚の身の食感に、ほんのりと鼻に抜ける杉の香り、これはもはや夢心地である。たしかに香りを邪魔する醤油ではなく、塩で食べるべきだろう。

「ホントだ。深川なんかで売ってる焼き蛤とはひと味違うね」

おえんも目を細めて満足げだ。そしてこれまた酒に合う。盃を傾けて、只次郎は

「くーっ！」と唸《うな》った。

「これならあと十個はいけそうですよ！」

喜びをありのままに伝えると、思わぬところから失笑を買った。振り返ってみれば重蔵が、唇を笑《え》み歪《ゆが》ませている。どうも馬鹿にされたような気になった。

「なんですか？」

「失礼　仕《つかま》った。旨そうに召し上がると思ったまで」

重蔵のほうがあきらかに歳は上だが、旗本家の只次郎に謙《へりくだ》って接してくる。武家の
男が飯ごときで大喜びするなと言われたような気になった。

「お客様には、美味《おい》しいと言って召し上がっていただくのが一番ですから」

そう感じたのは只次郎ばかりではなかったようで、お妙がやんわりとたしなめる。

「ああ、そのとおりだな。すまぬ」

口調からすると、これはお妙への詫びであろう。重蔵は只次郎に向かってはなにも
言わなかった。

もしやお妙を巡る恋敵として、敵視されているのかとドキリとする。ならばお妙と
重蔵は、両想《りょうおも》いではあるまいか。

武士の身分を捨てて『ぜんや』の主《あるじ》に収まった重蔵を思い浮かべ、只次郎は慌てて首を振った。この二人が夫婦になるなど、そんなことがあってたまるものか。

「お妙さん、よろしいか」

いつの間にか小刀をやすりに持ち替えていた重蔵が、お妙を気安く手で招く。お妙もまた素直に「はい」と頷いて、勝手口のほうへと近づいて行った。

「日頃世話になっている礼に、これを」

「まぁ、可愛《かわい》らしい。兎《うさぎ》の根《ね》付《つけ》！」

さっきからずっと削っていたのはそれだったのか。こちらからは見えないが、お妙の喜びようからして出来栄えはいいようだ。そういえば火事で焼け出されるまでは、内職に木を削り、根付をつくっていたと聞いた。

「ありがとうございます。大事にします」

お妙の笑顔が他の男に向けられる。それだけのことが、ひどく苦しい。

さらに追い打ちをかけるように、おえんが「蛤ってさ」と、食い終わった殻を二つに割った。

「こうやって分けても、正しい組み合わせでないとぴたりとはまらないんだよね」

二枚貝の殻と殻を重ね合わせ、しんみりと息を吐く。

お勝もまた、再三痛《さいさんいた》むと言っている只次郎の肩に手を置いてきた。

「アタシは好きだよ、アンタの食いっぷり」

いつもの毒舌がなりを潜《ひそ》めるほど、深く同情されている。

やはりそうなのだろうか、只次郎にもはや出る幕はないのか。

いいや、まだだと顔を上げる。一番に願うのはお妙の幸せ。だからこそ、どこの馬の骨とも知れぬ重蔵には譲れない。

「お妙さん！」と、意を決して呼びかける。だがそれより前に、誰かが勢いよく入り口から駆け込んできた。

「ようお妙さん、久しぶりだなぁ。ちぃと頼まれちゃくんねぇか」

乱れた息を整えつつそう言ったのは、着流し姿の柳井殿だった。


「すみません。手鞠寿司の注文は、もう終わってしまったんですよ」

小上がりの縁に腰掛けた柳井殿に、酒と肴を運んでやり、お妙は申し訳なさそうに眉を寄せた。柳井殿はそれを聞き、悔しそうに膝を叩く。

「ちくしょう、ひと足遅かったかぁ」

「ひと足もなにも、手鞠寿司ならもう私が注文していますからね」

只次郎は床几に腰を落ち着けたまま、しれっと返した。

柳井殿の頼みというのはこうである。この度孫娘の雛の宴に呼ばれたが、手土産に困っている。本当は近ごろ精緻《せいち》を極めている雛道具を買ってやるつもりだったが、前もって娘のお葉から「贅沢《ぜいたく》なものは不要です」とのお達しが来てしまった。

雛人形とその道具は時を追うごとに大きく華美《かび》になり、お上はしばしば「八寸以上の人形を売ってはならぬ」とのお触れを出している。二年前の雛市では、それを守らぬ禁制の雛が一斉に取り締まられてしまったほどだ。

だが江戸の庶民もしたたかなもの。大きいのが駄目ならばと、今では三寸より小さいが、技も贅《ぜい》も詰め込んだ芥子雛《けしびな》が持て囃《はや》されている。

雛道具もまた然り。少しくらい値が張っても、役得の多い吟味方与力の柳井殿ならなんということもない。お葉は父のそういった性質を嫌と言うほど思い知らされており、前もって釘《くぎ》を刺してきたのである。

「本来なら奢侈《しゃし》を取り締まる側でありながら、父上自らが踊らされるとは情けない」

と、実にまっとうなことを手紙にしたためてきたそうだ。

ならばなにを持って行けばよかろうか。思い悩んでいたところへ柳井殿は、升川屋と行き合った。聞けば『ぜんや』で雛祭りの手土産用の料理を出すという。「うちは男の子なんで関係ねぇんですけどね」とか、「まぁでもうちのかみさんが、雛祭りにどうかと言い出したらしくって」とか、身内の自慢が長かったが、ともあれいい知らせを聞いた。

ゆえに役目を終えてすぐ役宅に戻り、手早く着替えを済ませ、ここまで足を急がせたのである。まさかすでに注文が終わっているとはつゆ知らずに。

「だったら只次郎、お前の分を俺に寄越せ」

「嫌ですよ。お栄と約束しているんですから」

すぐさま拒むと、柳井殿は「冗談だ」と苦い顔をした。まさか孫娘のために、これほど走り回る人だとは思わなかった。

「慣れないことはするもんじゃねぇな。そもそもなんで今年にかぎって、俺が招待されたんだ？」

「ああ、それはお栄がぜひにと言ったからですよ」

「ほう、そうだったのか」

笑み崩れてしまう口元をごまかすために、柳井殿は顎《あご》を撫《な》でる。どうやら嬉しかったらしい。

「孫ねぇ、うちも女の子がほしいもんだよ。馬鹿息子たちにそっくりな男ばっかで、うるさいったらありゃしない」

お勝もそう愚痴りつつ、しかめっ面の中にも照れが感じられる。孫というのは鬼の心すらも、溶かしてしまうものなのか。

「ふふん、その点うちは男も女もいるからな」

もはやなんの自慢なのか。柳井殿はお勝に注いでもらった酒を、気持ちよさそうに飲み干した。

「で、そろそろ聞いてもいいかい？　あそこに控えてる目つきの悪いの、もとい眼光の鋭い御仁は誰だい？」

盃を置き柳井殿は、相変わらず隅のほうに座している重蔵に向けて顎をしゃくった。その佇まいから、客ではないと判断したのだろう。

「お妙ちゃんが雇った用心棒だよ」と、おえん。

「ええ、今はこの裏店に住んでおられます」

只次郎のもとに、お妙が炊きたての飯と汁を運んでくる。今日の汁は味噌《みそ》仕立て、具は蕪《かぶ》と焼き豆腐である。

茶碗《ちゃわん》に飯を盛るなどしながら、お妙は重蔵を雇い入れるに至った経緯《いきさつ》をかいつまんで話した。

「ふぅん、なるほどねぇ」

憐《あわ》れみのこもった柳井殿の目が、只次郎に向けられる。口元のにやにや笑いを隠そうともせず、どうやら面白がっている。

まったく、どいつもこいつも。只次郎は自棄《やけ》になって残っていた酒を一気に干した。

「まぁいいや。俺も似たような身の上だ。よろしく頼むな」

なにを思ったか、柳井殿はそう言ってしらばっくれる。細めに仕立てた結城紬《ゆうきつむぎ》に博多《はか た》献上の帯を締め、長さのある羽織を纏《まと》ったその様は、浪人者にはとても見えない。

「ご冗談を」

薄暗がりの中で重蔵が片頬を歪め、柳井殿は「ははっ」と軽やかに笑った。

「そんなことより、明後日の手土産だなぁ。まったく、どうしたものか」

重蔵にそれ以上構う気はないらしく、さっと話の筋を変えてくる。この二人が睨《にら》み合うとピリリとその場が張り詰める感があり、それが解けて只次郎は、我知らず息を吐いていた。

「そうだねぇ、手堅く菓子でいいんじゃないかい?」

「菓子ねぇ。それこそピンからキリまであるからなぁ」

立ち売りの大福餅《だいふくもち》や団子から、目玉の飛び出るような値のついた京菓子まで、どち

ろう。

のためにせっかくなら張り込みたいところだが、それもまたお葉に咎《とが》められることだ

らも菓子とひと括《くく》りにするのは乱暴ではないかと思えるほどに、物が違う。可愛い孫

柳井殿が弱っているところを拝《おが》めるのも珍しい。お妙が微笑みを湛《たた》えながら、助け

舟を出す。

「値ではなく、気持ちで勝負なさればよろしいんじゃないですか」

「と、言うと？」

「ご自分で作ってみられてはいかがでしょう」

世の中には料理が好きな武士もいるだろうし、千代田のお城の台所衆も皆御家人で

ある。とはいえ柳井殿は、台所になど一度も立ったことがないらしい。驚いたように

目を剝《む》いた。

「素朴なものでも手作りなら心がこもりますし、お孫様にも喜んでいただけるので

は？」

「そうですね、あの子は聡い子ですし、華美なものより誠を好むところがありますか

ら」

慣れぬことをして困っている柳井殿を見てみたい。その一心で只次郎も加勢する。

「いいじゃないか、それにしなよ」

「たしかに、一番意外だねぇ」

おえんとお勝も面白がっている。

「孫娘ちゃんも大喜びだよ」のひと言に、柳井殿もやる気をそそられたのだろうか。

渋々という表情ながら、「でも俺、餡子《あんこ》なんざちまちま炊けねぇぞ」と色気を見せる。

「でしたら南蛮《なんばん》菓子はいかがでしょう。たとえば、ぼうろなど」

「それはどうやって作るんだい？」

「まずは砂糖、水、小麦粉を混ぜて捏《こ》ね、手でぼうろの形に丸めます」

「ふんふん、なるほど」

「それを油紙を敷いた鍋《なべ》に並べ、鉄の蓋をして竈《かまど》の中で上下から火を――」

「待て待て、焦がす。それは焦がす自信がある」

試みてみる前から匙《さじ》を投げる。柳井殿は手を振ってお妙を止めた。

「もっと簡単なのはねぇのか」

「私もお手伝いしますよ」

「いや、どうせなら自分でやりたい」

思いのほか乗り気である。

「そうですねぇ、でしたら」

餡子を使わず、火の加減も難しくはないもの。お妙は目を輝かせ、ぽんと手を打ち合わせた。

「かるめいらなど、いかがでしょう？」

五

三月三日、桃の節句。嬉しくてたまらないのかお栄は朝早くから晴れ着を着たがり、お葉に「まだ早い」と叱《しか》られていた。

「叔父上、見てくだされ！」

それでも只次郎が『ぜんや』から注文のものを引き取って戻ったころには着替えが済んでおり、わざわざ離れまで見せに来たものである。赤地に麻の葉模様の縮緬《ちりめん》の四つ身は昨年も見たが、手脚が伸びたのだろう。肩上げ、腰上げがやり直されていた。

「いいね、それに大きくなった」

頭を撫でてやるとお栄は鼻の下を擦《こす》り、大いに照れた。いくら学問好きとはいえ、こういうところは女の子である。

昼時が近くなると、下男の亀吉が「柳井様、ご到着です」と呼びに来た。さすがに裏門からではなく、表から入ってきたらしい。

「お爺々様、こたびは栄のためにお越しくださり、まことにありがとうございます」

出迎えのために表玄関に回ってみると、お栄が深々と腰を折り、口上を述べているところだった。

「ああ、久しいなお栄。晴れ着がよう似合《にお》うておる」

居心地の悪さを隠しきれず、柳井殿は着物の衿《えり》を直しつつそれを受ける。いつになく口調が武家らしいのは、お葉に前もって言い含められてでもいるのであろう。

さすがは女の扱いを心得ているだけあって、着ているものを褒められたお栄はたちまち顔を輝かせた。重正もその父も、口が裂けても女の着物を褒めたりはしない。なるほどお栄自らが、「お爺々様に会いたい」と言いだすはずである。

「このたびは、ご足労痛み入ります」

「いえいえ、こちらこそお招きにあずかりまして――」

重正も柳井殿と通り一遍《いっぺん》の挨拶を交わし、奥座敷へと案内する。その途中で柳井殿は持っていた風呂敷包みをお葉に渡し、なにごとかを囁いた。

お葉は奇妙な顔をしつつも、頷き返す。親に向かって取る態度にしては、そっけない。そこにお葉のわだかまりが窺《うかが》えた。

奥座敷には、すでに人数分の膳が設《しつら》えられている。今日は上巳《じょうし》の総登城とて、只次郎たちの父はいない。その代わりに母が畳に手をつき柳井殿を迎え入れた。

上座に毛氈《もうせん》が敷かれ、二組の内裏雛が飾られている。客である柳井殿には一番奥に座ってもらい、林家の面々はそれぞれ向かい合わせに膳についた。

「おお、これはすごい」

膳の上の料理は筍と蕗《ふき》の煮物に、嫁菜《よめな》の浸し物、それから真ん丸の手鞠寿司。はじめて見たお栄も「美しゅうございます！」と喜びの声を上げている。

「かような寿司ははじめて見ました。叔父上、ありがとうございます！」

寿司のたねは小鰭《こはだ》、海老《えび》、烏賊《いか》、甘鯛《あまだい》、平目、薄焼き卵。煮蛤があるのも雛祭りらしい。それぞれ茶巾絞《ちゃきんしぼ》りにしてあるようで、これなら口の小さいお栄や甥《おい》の乙松《おとまつ》でもこぼさずに食べられる。

「こんな素敵なものを、ありがとうございます。なれど、またこのような贅沢を」

お栄は喜んでくれたが、お葉はまだ渋い顔。子らに贅沢を教えたくはないのだろう。

その気持ちを汲《く》んで只次郎は、素直に「すみません」と謝った。

「べつに『八百善《やおぜん》』から料理を取ったわけじゃねぇんだ、ハレの日くらいはいいだろ」

高い料理屋の名を引き合いに出し、柳井殿が苦言を呈す。だがお葉はなにも応《こた》えず柳井殿に顔だけを向け、剃《そ》り落とした眉の跡を軽くしかめて見せた。どうやら言葉遣いの悪さを嫌がったらしい。

気まずいところへ、女中が温めた潮汁《うしおじる》を運んでくる。椀《わん》の底に沈む蛤は口を開け、二枚の貝殻に身が一つずつ載せられている。おえんが言ったとおり蛤は、夫婦和合を表す縁起物だ。女の子の節句には、こうして出されるのが本当である。

二枚貝の上に剝《む》き身が仲良く並んでいるのを見ていたら、只次郎まで気分が沈んでしまった。お妙は今、どうしているだろう。その傍《そば》に重蔵はいるのだろうかと、とりとめのないことを考えてしまう。

「汁より先に酒だろう。早く持ってこい！」

場を盛り上げねばと焦ったか、重正が女中を叱りつける。そのせいで乙松が怯《おび》えてべそをかきはじめ、雛祭りの宴の幕開きは、陰気なものになってしまった。

酒があるというのは素晴らしい。只次郎は、今日ほど強くそう感じたことはなかった。

ほどよく酒が回ってくると、沈鬱《ちんうつ》だった宴席もいくぶん温まり、時折笑い声が聞こえるまでになった。手元にあるのが豊島屋《としまや》の白酒とあって、多少飲んでも酔いすぎるということはない。だが甘さに騙《だま》されて飲みすぎると、足腰が立たなくなるおそれのある酒である。

「そうですか、義父上《ちちうえ》もよくその居酒屋に」

「ああ、なかなか気の利く女将がおるもので。その助言により悪党一味をお縄にかけたこともある」

「それはすごい。一筋縄ではいかぬ女のようだな、只次郎」

強面《こわもて》のわりに酔いが出やすい重正が、上気した顔をこちらへ向けてくる。舅《しゅうと》を前にして気が張っていたのか、酒が入って上機嫌である。

「実はこやつが夜な夜な外に行くもので、相手はどういう女かと父が調べさせたことがあるのですよ」

日ごろは口数少なに振る舞っているが、酔えばいらぬことまで喋りだす。煮蛤の寿司に心の中で舌鼓《したつづみ》を打っていた只次郎は、なんのことかと箸を置く。

「ところが下男に調べさせてみたところ、とても男と女の仲ではなさそうだと。まったく情けないことではございませんか」

そういえば以前、下男の亀吉がお妙の身辺を嗅《か》ぎ回っていたことがあった。父の差し金なのは承知の上だし、父も只次郎が気づいたことを悟ったはずだ。それはもう二人の間で終わった話、今さら蒸し返されてもつまらない。

「子供たちの前ですよ、兄上」

つとめてにこやかに、只次郎は話をはぐらかす。だが重正は、まだ弟をからかい足りなかったようだ。

「ほらご覧ください、あのへらへらと軟弱なこと。まるで女子《おなご》のようではござらぬか。近ごろ体を鍛練しだしたようですが、木刀のほうに振り回されて見られたものではござりませぬ」

早くも前言撤回である。酒は素晴らしいものだが、飲む人はやはり選ぶ。まともに相手をするのも馬鹿らしく、好きに言わせておくことにした。お葉は重正に口答えができないし、母はそもそも飯のときには喋らない。柳井殿も只次郎を皮肉《ひにく》るのが好きだから、庇ってくれそうな大人は皆無である。

「いえいえ、只次郎殿も面白き男にござりますよ。たしかに武士らしからぬところはあれど、つまり頭が柔らかいのでしょう」

だが柳井殿はそう言って、只次郎の肩を持った。よそ行きの顔を貼《は》りつかせたままであり、ここで腹を割る気は毛頭ないのだろう。そうと分かっていても、良く言われたことがしみじみと嬉しい只次郎であった。

「お爺々様は、悪党を懲《こ》らしめておられるのでしょう?」

お栄にとっても父の話は、あまり面白くなかったのだろう。話の流れが変わるのを読んで、子供らしく問いかける。

「そうだなぁ、悪党を懲らしめるのはお爺々様の役目ではない。悪党から話を聞き出して、まとめるのが仕事だ」

「なるほど、どうやって聞き出すのですか」

「そりゃあ、あっちも勝手にぺらぺら喋ってくれやしないし、そこはもうあの手この手で――」

「父上」

ようやく話が弾みだしたが、その流れもまたお葉が止めた。腹の底が冷えそうな声で諫《いさ》める。

「そのような話を、食べているときになさらないでください」

「なぜですか、栄は面白うござりまする」

「いいえ、面白くはございません」

たしかに幼いお栄にはまだ少し、刺激が強いかもしれない。駄染《だぞ》め屋の口を割らせた手法も、よくそんなことを思いつくものだと舌を巻いた。お葉が聞かせたがらないのも道理である。

そうは言っても、お栄は上から頭を押さえつけられるのをひどく嫌う。拳《こぶし》を握り、その場にさっと立ち上がった。

「よしなさい、まだ食べている途中ですよ」と窘《たしな》めたのは只次郎の母だ。この人の教えは「飯は静かに食え」である。その反動で只次郎は、『ぜんや』で旨いものを食べると声を上げてしまうのかもしれない。

「お爺々上、羽織をお貸しくださいませ」

だがお栄は引かなかった。不作法を承知で柳井殿の傍らへ行き、手を差し出す。

「羽織？　ああ、べつに構わないが」

なにがなにやら分からぬながら、柳井殿は孫の願いを聞いてやるべく、羽織紐《ひも》を解く。そのときに只次郎は、柳井殿のその羽織が昨年の花見のときと同じものであることに気がついた。

「栄、いい加減になさい！」

自分が主役の雛の節句とて、舞い上がっているのだろう。お葉はそう考えたようで、しかたなく立ち上がりお栄を捕まえようとする。ところが身軽なお栄はお葉の脇《わき》をすり抜けて、内裏雛を飾った毛氈の横にぺたりと座った。

「ほら、ご覧くだされ。同じにござりましょう？」

そう言って柳井殿の羽織の裏と、二体あるうち古びたほうの女雛を並べ置く。羽織裏も女雛の着物の色も、どちらも薄浅葱《うすあさぎ》。さらに青海波《せいがいは》と枝垂桜《しだれざくら》の模様が入っている。

只次郎はその二つが、同じ布からできていることを知っていた。

「この布は、お婆々《ばば》様の形見の小袖から取ったのでしょう。この雛を作らせたのはお爺々様だということも、栄は存じております る」

ここで言う「お婆々様」とは、お葉を産んですぐ儚《はかな》くなってしまった、柳井殿のはじめの奥方のことである。もちろんお葉に産みの母の記憶はなく、柳井殿の振る舞いからも、亡き母への愛情を汲み取ることはできなかった。

それなのに父が母の形見を今も身に着けていると知り、お葉は戸惑っていた。その事実をどのように受け止めていいか分からぬままに、今日のこの日を迎えてしまったのだ。

「お爺々様は、母上のことをちゃんと想うているのです。どうか仲ようしてくださりませ！」

姉が急に熱弁を振るいだしたのに吞《の》まれ、乙松が食べかけの寿司を取り落とす。お葉はそれを拾ってやり、そのまま顔を上げなかった。

「もしかして、そのためにお爺々様を雛祭りに呼んだのかい？」

只次郎が尋ねると、お栄は赤く潤んだ目をきりりと尖《とが》らせた。

「叔父上と、父上もでござります！」

「ええっ」

いきなり鉾先《ほこさき》が向けられた。重正も驚いたようで、互いに目を見交わした。

「叔父上が鍛練をはじめたなら、父上が見てあげればよいではないですか。そして父上の勉学は、叔父上が教えてあげればよいではないですか。近きところに師がいるのに、なぜ気づかぬふりをなさるのですか」

なんと鋭い、お栄の言うとおりだ。

互いに教え合ったほうが上達が早いことは、只次郎も重正も分かっている。だが重正は只次郎を学問ばかりの軟弱者と嘲《あざけ》ってきたし、只次郎は武芸などなんの役に立つものかと重正を見下してきた。今さらその立場が逆になっても、素直になることができなかった。

ようするに、つまらぬ意地の張り合いだ。そのつまらなさまで見破って、お栄が真っ直ぐな目を向けてくるから、なにも言い返すことができない。

父と娘、兄と弟が黙り込む中、騒ぎなどものともせずに食事を続けていた只次郎の母が、端正な所作で箸を置いた。見れば膳の上のものは、すべて食べつくしている。

「黙って聞いていれば、年端もゆかぬ子にここまで心配をかけて情けないこと。四人とも猛省なさいませ」

聡い子なのは知っていたが、お栄はいつも元気いっぱいだったから、そんなふうに感じているとは思わなかった。だが我が身を振り返ってみても、子供というのは案外周りのことをよく見ている。大人たちの振る舞いに、お栄はその小さな胸を痛めていたのかもしれない。

もしこれが子供同士なら、泣いて互いに謝って、すぐ仲直りもできるだろうに。月日をかけて積み上げられてきたわだかまりが、邪魔をしてなかなかそうもいかない。

これだから大人は七面倒だ。

手を取り合って和解することも、お栄に謝ることもできぬまま、どれほどの時が流れたろうか。おそらくほんのわずかな間なのだが、情けない四人の大人たちにとっては針の筵《むしろ》のようだった。

お栄を喜ばせようとするならば、形だけでも仲直りをしておいたほうがいい。だがそんな恥ずかしいことを、誰がはじめにやりだすのか。少なくとも只次郎は、先頭を切りたくはなかった。

「葉」、と柳井殿が娘の名を呼び、目配せをする。

意外なところが動いたと思ったが、お葉は軽く頷いて、座敷を出て行ってしまった。

さて、どうしたものだろう。只次郎の母はもうそれ以上口を挟む気はないようだし、乙松はきょろきょろと周りを見回すばかり。そしてお栄は期待に満ちた眼差しをこちらに向け続けている。

どのみちこのままではなにも変わらない。ここはやはり年少の自分から折れるべきか。覚悟を固めたとき、お葉が女中に七厘を運ばせて戻ってきた。

「お栄、悲しい思いをさせてすまなかった。詫びの代わりにお爺々様が、菓子を作ってご覧に入れよう」

膳を除《よ》け、どこか芝居がかった口調の柳井殿の前に七厘を置く。お葉は片手鍋を手にしており、促されてそれを火にかけた。

「鍋の中身は氷砂糖と水、それから卵の白身だ。ま、見ておれ」

お栄が膝でにじり寄り、鍋の中を覗き込む。乙松がその隣に座り、大人たちも興味を引かれて七厘の周りを取り囲む。

「あ、溶けてまいりました！」

しばらくすると半透明の氷砂糖の塊が、じわりじわりと溶けてゆく。すべて溶けてしまってからも、ヘラで混ぜながら煮詰めてゆく。

『ぜんや』で七厘を借りて練習したのだろうか。「その日までのお楽しみだ」と言われ、只次郎も見るのははじめてである。

柳井殿は案外慣れた手つきで中身をかき混ぜ続け、水気が飛んで粘りが出てきたころに鍋を火から下ろした。畳を傷めぬようそれを杉板の上に置き、ヘラを擂粉木《すりこぎ》に持ち替えて、一心に擂り混ぜる。擂って擂って、擂り混ぜる。

「ここでしっかり擂っておかねば、さくっとした口当たりにならんからな」

卵の白身が入っているせいか、擂っているうちにだんだん泡が立ってくる。ほどよいところで手を止めて、柳井殿は額に薄《うっす》らと浮いた汗を拭った。

「さぁこれで、冷めるのを待って出来上がりだ」

熱が取れてくると、ふわふわの泡がしだいに固まってゆく。硬くなったところをヘラを使って切り分けて、柳井殿はその一片をお栄の手のひらに乗せてやった。

「食べてごらん」

さっきまで白い泡だったものが、軽石のような見た目になっている。そういえばかるめいらは、浮石糖と書くのだった。

恐る恐る、かるめいらに小さな歯を立てる。硬そうだが案外さくりと割れて、お栄はにんまりと微笑んだ。

「美味しゅうございます。口の中で、甘くほろほろ解けまする！」

只次郎の手のひらにも、かるめいらが回ってきた。前歯でさくりと齧《かじ》り取り、その口溶けに目を細める。これは見た目よりも、ずっと味わい深い菓子である。

「うまぁ！」と叫んだのは只次郎ではなく、乙松である。この子も将来、食いしん坊になるだろう。

「お爺々様、栄は分かりました！」

甘いもので機嫌がよくなり、お栄は元気に諸手《もろて》を上げる。

「まったく別々のものでも煮溶かして固めれば、これほど美味しい菓子ができます。お爺々様はつまり、『雨降りて地固まる』とおっしゃりたかったのでございますね！」

「あ、ああ、もちろんだ」

そんな思惑はないが違うとも言えず、柳井殿は曖昧《あいまい》に頷いた。

「ようございました。お爺々様も母上も、叔父上も父上も、仲ようしてくださりますね」

屈託のないお栄の笑顔がひどく眩しい。四人の大人たちはあらためて顔を見合わせ、苦く笑った。

六

離れの自室ですり餌を作る。雛祭りの宴の、翌朝である。

柳井殿は宴が終わって帰る前に、お葉にひと言声をかけていた。お葉が唇を笑ませながら袖で目頭を押さえたので、悪いことではなかったのだろう。

兄の重正もまた、朝飯前に只次郎が中庭で木刀を振りはじめると、待ち受けていたかのように母屋から出てきた。手には桐材《きり》の木刀を握っており、なにも言わずに差し出してくる。

受け取れということかと察して手を伸ばし、握ってみるとずいぶん軽い。思わず「軽っ！」と口にすると、重正は「これで振れ」と頷いた。

「でも、少し軽すぎはしませんか」

「違う。さっきの木刀がお主には重すぎたのだ。あれでは近いうちに肩を痛める。第一重さに振り回されるうちに、構えが崩れておかしな癖もつきかねぬ」

振ってみろ、と言われて桐の木刀を上段に構えた。振り下ろすと、これが意外に難しい。軽すぎて、切っ先がぶれてしまうのだ。

重正は素振りを続ける只次郎の肩や腰に触れ、構えを直してゆく。

「振りかぶりのときに力が入りすぎているからそうなる。まずはこの木刀で力の加減に慣れてから、膂力がつけば少しずつ重いものに替えてゆくといい。重い木刀は軽く、軽い木刀は重く振るのだ」

兄とまだ仲がよかった子供のころにも、こんなふうに稽古を見てもらったことがあった。当時は強い兄に憧《あこが》れていたはずなのに、いつの間にこれほど隔たってしまったのだろう。

それはおそらく只次郎が、思うように強くはなれなかったからだ。その代わりに学問の才があり、ただ強いだけの兄を内心小馬鹿にするようになった。

兄もまた、同じ気持ちだったはずだ。本当のところ只次郎は、兄の強さが羨《うらや》ましかった。そして兄もまた、只次郎の聡さが妬《ねた》ましかった。こんなふうにぎすぎすせず、互いを認め合うこともできたはずなのに。

「よろしければこれからも、たまに稽古をつけてはくれませんか」

自分でも驚くほど、素直に言葉が洩れていた。重正もまた変に構えず、「ああ」と頷く。

「その代わり私は、兄上の勉学につき合いましょう」

「よろしく頼む」

かくして学問吟味のその日までは、重正の勉学を見ることになった。

「心強い」と、去り際に呟《つぶや》いたのは兄の本音だったかもしれない。

そのやり取りを籠桶の掃除をしつつ聞いていたというお栄は、「ようございました」と、我がことのように喜んだ。

心配をかけたぶん、お栄にはまた旨いものを買ってきてやろう。

すり餌を作り終え、只次郎は預かりの鶯から順に餌猪口を満たしてゆく。餌への食いつきを確かめつつ、次の籠桶へ。

最後から二番目の籠桶を開け、只次郎はふいに手を止めた。またもやメノウの籠桶である。

先日のようなもぬけの殻ではない。メノウは止まり木の上でぴょんぴょんと跳ねている。だが簀子《すのこ》になっている籠の下部に、なぜか真綿の塊が置かれていた。

さっきの掃除の際に、お栄が入れたのだろうか。だが、なんのために？

こんもり小山になった真綿を取り除こうと、只次郎は手を伸ばす。だが途中で異変に気づき、「ん?」と顔を近づけた。
白い真綿の真ん中に、赤茶色の卵が一つ。
その色と大きさからすると、鶯の卵のようだった。

鰹酔い

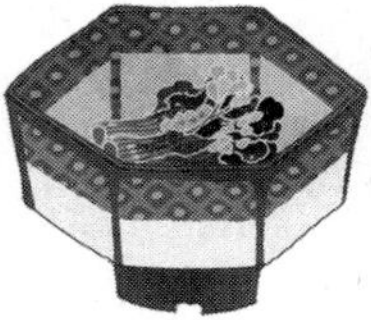

一

麹町の焼け跡は、すっかり更地になっていた。

火事があったのが閏《うるう》二月十日のこと。火元だという升屋は早くも建て直しが進んでいるが、火の手が回った裏店《うらだな》は取り壊されて、黒ずんだ土と炭の欠片《かけら》が残るのみである。

このぶんでは逃げおおせた住人たちも、散り散りになってしまったことだろう。開けた空に、燕《つばめ》が忙《せわ》しなく飛び交っている。

そりゃあそうよねと、お妙は通い徳利《とっくり》を胸に抱え直した。『ぜんや』の用心棒となった重蔵は、おそらくこの界隈《かいわい》に住んでいたはず。だがそれももはや、どことも知れなくなっていた。

帰ろう。醤油《しょうゆ》を買いに行くと言って出てきたついでに、興味を引かれてここまで足を延ばしてみた。大量に使う濃口醤油は店に来る振り売りから仕入れているが、薄口醤油がほしいときはこちらから赴《おもむ》かねばならない。

少しばかり寄り道がすぎた。あまり遅くなると、留守居の重蔵に心配をかけてしまう。

来た道を、お妙は足を速めて引き返して行った。

二

灌仏会《かんぶつえ》もまだというのに、今年の江戸は早くも初夏の陽気である。

特に火を扱う調理場では、三月の下旬ごろから大いに汗をかかねばならなかった。卯月《うづき》に入り綿入れを脱ぎ捨てて、やっと身軽になれたばかり。足袋《たび》を履かぬようになった足の甲は、まだ陽射《ひざ》しに晒《さら》され慣れておらず、抜けるように白かった。

独活《うど》、春牛蒡《ごぼう》、蕗《ふき》、人参《にんじん》、空豆《そらまめ》、鰺《あじ》に烏賊《いか》――。今朝仕入れたばかりの食材を籠《かご》に盛り、お妙は「よし」と襷《たすき》を掛ける。今日はなにを作ろうか。

莢《さや》ごと炙《あぶ》ったほくほくの焼き空豆、独活のきんぴら、あとしばらくで豆腐売りが来るだろうから、蕗は厚揚げと煮てもいい。鰺は味噌《みそ》、葱《ねぎ》、大葉と共に包丁で叩《たた》き、烏賊は詰め物をして甘辛《あまから》く炊いてみようか。

頬《ほお》に手を当て、頭の中で献立《こんだて》を組み立ててゆく。豆腐屋は、雪花菜《おから》を持って来てくれるだろうか。あれば味噌を溶いて、雪花菜汁《きらず》に仕立てよう。そんなことを考えているうちに、遠くから威勢のいい売り声が近づいてきた。

「かつおかつお、かつおかつお、かつおー！」

残念、豆腐売りではない。鰹《かつお》は傷みやすく早く売り切ってしまわねばならないため、鰹売りは早朝から町中を忙しく駆け回る。江戸っ子が熱狂する、初鰹の季節である。

売り声に釣られたように、床几《しょうぎ》のぐらつきを修繕していた重蔵が顔を上げた。

「鰹、お好きなんですか？」

鯵を捌《さば》く用意をしながら尋ねてみる。他の作業をしていても、重蔵のことはなんとなく目に入る。

「いや、そういうわけでは」

重蔵は目の縁《ふち》をほのかに染めて、口ごもった。おそらく好物なのだろう。

卯月三日。日頃《ひごろ》世話になっているぶん、好きなものくらい気前よく振る舞ってやりたいところだが、今の鰹はとてもじゃないが手が出ない。値ごろになるのは着物がさらに単衣《ひとえ》になるころ、五月上旬まで待たねばならぬだろう。

もっともこの時分でも、市中を散々駆け回った後の売れ残りならば、裏店の住人でも隣同士金を出し合って買い求めることもある。だが鮮度が落ちて臭《にお》いのきつくなった鰹など、とても人に食べさせられたものではない。

それよりも怖いのは鰹酔いだ。古い鰹に中《あた》ると下痢《げり》や嘔吐《おうと》のほかに、激しい頭痛に見舞われるのでそう呼ばれる。桜の皮を乾かし煎《せん》じて飲むとよいとされ、そのせいで市中の桜の木には、薄く削《そ》がれた痕《あと》が残る。

死人が出るほどのことはめったにないが、料理というのは人を健やかにするためのもの。しがない居酒屋の女将《おかみ》とて、その程度の自負はある。いくら初鰹が喜ばれるからといって、人に害をなすかもしれぬ食材を出すわけにはいかない。

「すみません、もっと安くなったら仕入れますね」

「かたじけない」

好物を見透かされ、重蔵は決まり悪く目を伏せた。三食の面倒を見てくれるお妙を煩《わずら》わせてはいけないと思うのか、出されたものは好き嫌いを言わず綺麗《きれい》に平らげる。食べたいものはありますかと尋ねても、言葉を濁《にご》すのが常だった。

ほとほとと、入り口の引き戸が叩かれる。まだ朝五つ（午前八時）、客ではない。お待ちかねの豆腐売りは、売り声もなくやって来るはずがなかった。

「ここは拙者が」

見世棚《みせだな》をぐるりと回り込まねばならないお妙より、重蔵のほうが入り口に近い。床几はもう直ったようで、ひっくり返していたのを戻してから引き戸を開けた。

「おおっと、誰《だれ》でぇお前さんは」

聞き知った男の声だ。お妙は調理場から軽く首を伸ばす。戸口にはやはり、升川屋喜兵衛《きへえ》が立っていた。

「ああ、そうか。噂《うわさ》にゃ聞いてますぜ。ええと、あんたがこの店の用心棒に収まった——」

「草間重蔵と申す」

「そうそう、それだ。手前は新川の酒問屋、升川屋と申します。ここの上諸白《じょうもろはく》はうちから卸してんですよ、旨《うま》いでしょ？」

「いや、拙者は——」

「飲んでねぇんですかい、もったいない。あすこに並んでる徳利の、林って奴《やつ》のなら好きに飲んでいいですぜ」

「まあ、いけませんよ」

戸棚に並ぶ置き徳利を、顎《あご》で示す。そんな升川屋を、お妙は笑顔で窘《たしな》めた。ご新造《しんぞ》のお志乃との間に子が生まれてからは、はじめての訪問である。子育てで気の立っているお志乃に憚《はばか》り、気軽な外歩きもままならぬようすだと聞いていた。

「久しぶりだなぁ、お妙さん。いつもお志乃のために、旨《うめ》ぇ料理をありがとよ」

　家中で孤立していたお志乃も姑《しゅうとめ》との不仲がたんなる行き違いだったと悟ってからは、升川屋の女中たちとも徐々に打ち解け、大事にされているようである。乳母《うば》を置かず自らの乳で育てているため、食事も滋養のあるものを食べさせてもらっていることだろう。

　それでも「お妙さんの料理が食べたい」という要望はお妙にしか叶《かな》えてやることができず、時たまおつきの女中おつなが重箱を携えてやって来る。乳の出がよくなると言われる食材は、胡麻《ごま》、糯米《もちごめ》、根菜、鯉《こい》など。そのあたりを取り合わせて作り、持たせてやっている。

「来月の初節句の料理もさ、お妙さんに頼みてぇって話をしてるんだが」

「まぁ、私でよろしいのですか？」

「ああ、うちのおっ母《か》さんもぜひにと言ってたぜ。またあの手鞠寿司《てまりずし》みてぇに、端午《たんご》らしいのを作ってくれよ」

　お志乃のために作った手鞠寿司は、当人の助言もあって桃の節句に売り出し評判になった。五月五日の端午の節句にも、目玉になる料理がほしいところだ。

「かしこまりました。まだ日はありますから、考えておきますね」

ひと月も先のことを頼みに来るのだから、初めての子がよほど可愛《かわい》いのだろう。だが升川屋は、そのためだけに朝から出向いたわけではないらしい。開け放したままの戸口を振り返り、「おい、こっちへ」と手を叩いた。

呼ばれて入って来た若者は、升川屋の手代のようだ。ひと抱えもある大盥《おおだらい》に布巾《ふきん》をかけたものを、大事そうに捧《ささ》げ持っている。

「そんでもって今日は、急なことで悪いんだけどよ」

悪いと言いつつも、升川屋の声は心なしか弾んで聞こえる。なにごとかと、お妙は軽く身構えた。盥の上の布巾が、もったいぶることもなく剝《は》ぎ取られる。

盥の中には、銀鼠《ぎんねず》色の魚が三尾。まばゆいばかりに照り輝き、腹には美しい縞《しま》模様を浮き上がらせている。

重蔵が横目に覗《のぞ》き込み、思わずといったように唾《つば》を飲んだ。

鰹である。それもとびきり新鮮な。

おそらく一尾ですら、裏店の者が家族をひと月養えるほどの高値だろう。豪勢な眺めに圧倒されて、お妙は「まぁ」と絶句する。

升川屋は上機嫌のまま、こちらに向かって片手拝みをした。

「頼むよお妙さん。こいつをひとつ、料《りょう》っちゃくんねぇか」

「お妙さんも聞いちゃいると思うが、夜泣きで満足に寝られもしねぇお志乃が気の毒でよ。仕事の接待が絡まねぇかぎり、飲み歩きは控えてんだ」

大盥を土間に置かせ、升川屋はお妙を口説きにかかる。本当はお志乃に怒られるのが怖いだけのくせに、自分から進んでそうしているかのように振る舞うあたり、格好つけのこの男らしい。

「とはいえ内祝いが名目なら、お志乃も許さないわけにゃいかねぇだろ。だからよ、この鰹でぱあっと、日頃世話になってるあたりと飲みたいわけよ」

世話になってるあたりとは、菱屋のご隠居をはじめとした旦那衆《だんな》のことだろう。そんなものは升川屋の座敷でやればよかろうに、お志乃の目の届くところでは騒ぎづらい。そんな本音が透けて見える。

「本当に急ですねぇ」

せっかくの新鮮な鰹である。夕餉《ゆうげ》まで置くとみるみる味が落ちるため、昼に皆を集めたいという。

「うちはともかく、皆さんお忙しいでしょうに」

招待客はいずれも劣らぬ大店の主《あるじ》たち。奉公人の手前、昼の日中に誘われてもおいそれとは出て来られないはずだ。

「ちょうど今人を遣《や》って、都合を聞かせてるところだ。皆は無理でも、そこそこは集まるだろうよ」

すでに声をかけているのなら、もはや断る道はない。お妙は腹を決め、「かしこまりました」と頷《うなず》いた。

三

升川屋が「頼むぜ」と言い残して帰ってから、お妙は手早く鰺のワタとエラを取りはじめた。漬け汁を作り、片栗粉をまぶした鰺を片っ端から胡麻油で揚げてゆく。日持ちがするよう、南蛮漬《なんばんづ》けにするのである。

烏賊もワタを抜き、一夜干しにしてしまおう。せめて前日までに言ってくれれば生ものは仕入れなかったのにと、恨み節が出そうになる。

とはいえいい鰹が入るかどうかは、その日になってみなければ分からない。自分ではとても購《あがな》えぬ上物を扱えることに、胸が躍っているのもたしかだった。

かといって、食材を無駄にはできない。鰹をどうするか考えるのは、鰺と烏賊が片づいてからだ。

「拙者にも、手伝えることがあれば」

脇目《わきめ》も振らず働きだしたお妙を気遣い、重蔵が声をかけてくる。だがまともに台所に立ったことのない男に烏賊が捌けるはずもなく、洗い物を頼もうにも浪人とはいえ武士の端くれ。あまりみっともないことはさせられない。

「では、おえんさんを呼んできてくださいますか。あと本当に申し訳ないんですが、魚河岸《うおがし》の皆さんに、今日の昼は貸し切りになったとお伝えいただければ」

昼どきはいつも、仕事に一段落ついた魚河岸の仲買人や棒手振《ぼてふ》りたちが、入れ替わり立ち替わり飯を食いにやって来る。わざわざ外神田まで足を運んでおきながら入れぬとあっては、店を切り盛りする者として申し訳が立たない。

じっと店の隅に控えている重蔵ならば、常連の顔も分かるだろう。二、三人に伝えれば勝手に広まるはずだ。

「承知した」

あっさりと頷き、長身ながら軽い身のこなしで勝手口を出てゆく。今のところ重蔵に用心棒としての出番はいっこうにないが、こういうときには実に頼りになった。

「それでさぁ、実際のところどうなの。『重蔵さん』とは」

さっきまでうたた寝でもしていたか、おえんの頬には畳の跡がついていた。重蔵と入れ替わりに「手伝うよ」とやって来たが、頼んだ洗い物を終えてしまったのをいいことに、動かすのは口ばかりである。

「どうというのは？」

お妙は俎板《まないた》の上に鰹を一尾載せ、包丁を入れはじめる。鰹の鱗《うろこ》は胸鰭《むなびれ》と背鰭《せびれ》の周りに集まっており、堅く分厚く、包丁が立たない。どちらかといえば身の柔らかい鰹に「堅い魚」という意味の名がついているのは、この鱗のせいだろう。

包丁を寝かせ、鱗を薄く梳《す》き取ってゆく。おえんのお喋《しゃべ》りにつき合っている場合ではないのだが、返事をしないでいるといつまでも、「ねぇねぇ」と騒がしいのでしかたがない。

「しらばっくれんじゃないよ。もう口くらいは吸わせたのかって聞いてるんだよ」

包丁が横滑りして、危うく指を切りそうになった。

いったん手を止め、跳ね上がった鼓動をなだめにかかる。お妙は腹の底から深く息をついた。

「だから、そんなのじゃないって何度も言ってるじゃないですか」

「ええっ、まだなの？　でもさすがに手くらいは握らせてやったんだろ」

「してません」

色恋のこととなると、おえんにはまったく話が通じない。男と女が顔を合わせればなにかが始まるものと思い込んでいるからこそ、亭主に対してもくだらぬことで悋気《りんき》を起こしてしまうのだろう。

気を取り直し、引き続き鱗を梳いてゆく。背鰭のつけ根に生えているのは後で背鰭ごと取るからいいとして、胸鰭の手前から鱗を剝がすように包丁を入れ進め、カマに達してから刃を起こして中骨までぐいっと切り込む。

腹鰭と裏側の胸鰭も同様にし、中骨を断ち切れば、鰹の頭がごとりと落ちた。

「感心しないねぇ。お妙ちゃんはたしかに綺麗だけど、年増《としま》があんまり出し惜しみするもんじゃないよ」

これは人選を誤ったかもしれない。どうせ日本橋まで走るのだから、重蔵にはお勝を呼んでもらえばよかった。

「だいたい重蔵さんっていくつさ。前は上野国にいたってことは、どこかに仕官してたわけだろう。そのときに所帯は持ってなかったのかい？」

ぱつんと張った鰹の腹をすっと切り、ワタを取り出す。古いものは色が変わって異臭がするが、さすがに綺麗だ。これならば胃と腸《はらわた》も、塩辛にして食べられる。食べごろまでにひと月はかかるが、最高の酒の肴《さかな》になるだろう。新鮮な鰹は、捨てるところがほとんどない。

ワタと一緒に出てきた、ぷるりとした白い塊《かたまり》は白子《しらこ》だ。もちろんこれも、残さず食す。

「さぁ、歳《とし》は三十を下らないと思いますが、他はなんとも」

「なんだい、そりゃ。やる気あんのかい？」

「おえんさん、すみません。水を汲《く》んできていただけませんか」

話の流れを断ち切って、用事を言いつけた。朝一番に重蔵が汲み置いてくれた水は、もう半分ほどになっている。

「がってんだ！」

おえんは存外あっさりと、胸を叩いて出て行った。その後ろ姿を見送り、お妙はほっと息をつく。気のいい女ではあるのだ。ただちょっと、人より思い込みが激しいだけで。

それよりも、今は鰹の下拵《したごしら》えだ。空っぽになった腹を水で清め、いよいよ五枚に下《お》ろしてゆく。身割れのしやすい魚ゆえ、節下《ふしお》ろしにするのが妥当である。

まずは残しておいた背鰭を外す。鰭の両側に楔形《くさびがた》の切り込みを入れてから、根元を包丁で押さえて外してゆく。切り込みが深いので、水洗いの前にこれをすると身が濡《ぬ》れてしまうのだ。

それから頭の方を右に向け、背と腹の中央を骨に達するまで真《ま》っ直《す》ぐに切る。さらに開いた腹から包丁を入れ、片身の下側、すなわち腹の節を切り離す。

背側もまた同じ要領で、節にした。赤黒い血合い肉も、艶《つや》があって美しい。

半身を裏返してそちら側も二本の節に分ければ、中骨を含めて五枚下ろしの出来上がり。切り落とした頭から黒っぽい心臓を取り出し、切り目を入れてこちらもしっかりと水で洗う。

さて、これらをどうするべきか。初鰹といえばなにを置いても刺身だが、三尾もあれば少しくらい煮焼きをしてもよかろう。

「汲んできたよぉ」

裏の井戸に行くだけなのに、おかみさんたちと立ち話でもしていたのか、おえんがやっと手桶《ておけ》を提げて戻ってきた。その中身を水甕《みずがめ》に空けながら、俎板の上を覗き込む。

「うわぁ、綺麗な身だねぇ。こんな鰹見たことないよ」

切り分けた節を小さめの皿に置いても、両端が垂れずにピンと張っている。二尾目を組板に載せながら、お妙は「本当ですねぇ」と頷いた。

「去年うちの亭主がさ、いくら初鰹が食いたいからって、真っ黒に色が変わったのを買ってきたんだよ。それも決して安くない値でさ。刺身で食いてぇって言ってたけど、こっちこっちに煮てやった。男ってのはなんで懐《ふところ》具合も考えず、つまんないものを買っちまうんだろうねぇ」

それに関しては、升川屋も耳が痛かろう。鰹の質も値もまったくものが違うが、たんなる昼餉にかけるには、馬鹿みたいに大枚《たいまい》をはたいている。おそらく今日の宴《うたげ》のかかりは、お志乃には秘密なのだろう。

「それで、さっきの続きなんだけどさぁ。向こうが話す気になるまでなにも聞かないってのは、やっぱよくないよ」

その話はすでに終わったと思っていたのに、おえんが強引に引き戻す。水甕はまだいっぱいになっていないが、手桶を足元に置いてしまった。

「それは、そうかもしれませんけど」

先日常連の只次郎にも、素性の知れない男がお妙さんの傍《そば》にいるのは心配ですと言われてしまった。だが寡黙な重蔵は必要なこと以外は喋らず、お妙に害をなす気配もない。下手な詮索《せんさく》をすればますます口を閉ざしてしまいそうで、だからなにも聞けずにいる。

だがおえんの発言は、只次郎のようにお妙を心配してのものではなかった。

「だってそれじゃ、相手にちっとも気がないみたいじゃないか。あなた様のことが知りたいんですぅって、声や身振りで示さなきゃ伝わるものも伝わんないよ」

そう言って、肥えた体でしなを作る。もはや言い返す気も失《う》せてきた。お妙は「はあ、そういうものですか」と受け流す。

「そうさ。お妙ちゃんに知りたいと思われて、嫌な男なんざいやしないよ」

本当にそうだといいのだが。お妙はうつむいたまま苦笑を洩《も》らす。

「ここはほら、勇気を出して。重蔵さんもきっと受け止めてくれるさ」

興が乗ってきたらしく、おえんが手を拳《こぶし》に握って詰め寄ってくる。これでは二尾目を捌くどころではない。

「あ、いけない！」

わざとらしくならぬよう、今思いついたかのように声を上げた。

「私ったら、芥子《からし》を切らしていたのを忘れていました」

「なんだって、そりゃいけないね」

ツンと辛い練り芥子は、鰹の刺身になくてはならぬもの。間を置いてはせっかくの辛みが損なわれるため、食べる間際に粉芥子を溶いて使う。薬味壺《つぼ》にはまだ少量の粉芥子が残っていたが、念のため買い足しておきたかった。

「任せて。アタシがちょいっと行って、買ってきてあげるよ」

おえんは嫌な顔もせず、頼もしげに胸を叩く。まことに気のいい女なのである。

「すみません、お願いします」

手を拭《ふ》いて銭を渡すと、おえんは肥えた体を左右に揺らしながら出かけて行った。

これでようやく、落ち着いて包丁が振るえる。二尾目の鱗を梳いて腹を開くと、こちらには真子《まこ》が入っていた。

四

いつも朝四つ半（午前十一時）には店を開ける。その少し前にやって来た給仕のお勝は、急な宴会が入ったと聞き、「おや、それは大変だったね」と顔をしかめた。

「まったく、これだから升川屋は。そういう身勝手なところがいけないって、前も言ってやったのにねぇ」

よかれと思ってしたことでも、相手が喜ぶとはかぎらない。特に男女の間で起こりやすい過ちである。お志乃の抱える腹立ちも、なるほど分からぬではなかった。

お勝が来てくれたおかげで、「じゃ、アタシはもういいよね」とおえんは裏店に去って行った。幸いにも芥子を買って戻ってからすぐに、使いに出ていた重蔵も帰ってきたので、それ以上の詮索を受けることはなかったのだが。

「なんだかアンタ、げっそりしてるね」とお勝に指摘され、お妙は思わず頰を揉《も》む。客商売に、疲れた顔はご法度《はっと》だ。


しばらくすると本日招待の旦那衆が、ぽつりぽつりと集まってきた。まずはじめに顔を見せたのは、大伝馬町菱屋のご隠居である。すでに現役を退いているため、他の旦那衆よりは暇なのだろう。加えて歳を取るごとに人はせっかちになるもので、約束よりもつい早めに動いてしまうのだ。

次に現れたのは林只次郎。升川屋は旦那衆以外にも声をかけておいたらしい。こちらも部屋住みの次男坊で、暇ならある。

両人ともひと足先に小上がりに座り込み、焼き空豆を肴に酒を酌《く》み交《か》わしはじめた。

「なんだ、もう飲んでんのか」

ご隠居から遅れること四半刻《しはんとき》（三十分）、やって来たのは駿河町三河屋だ。自前の味噌に砕いた胡桃《くるみ》を練り込んだのを持参しており、それをつまみに、小上がりの二人に交じって飲みだした。

それからほどなくして姿を見せたのは、本石町俵屋である。急なことで、さすがに小僧の熊吉までは連れてこられなかったらしい。間をおかずして甘いもの好きの小舟町《こぶなちょう》三文字屋も、亀屋大和《かめややまと》の最中《もなか》を提げて来て、いつもの面々が勢揃《せいぞろ》いしてしまった。

発起人の升川屋でさえ「皆は無理でも」と言っていたのに、この腰の軽さときたら。これが初鰹の誘引力か、はたまた案外やることがないのか。店を放《ほ》っぽっておいて大丈夫かと、いらぬ心配をしてしまう。

「しかし升川屋さんも、今どき豪気なことを」

「なんでも前々から魚河岸の仲買人に、手を回してあったらしいですね」

升川屋はまだ来ない。だがそんなことには構わずに、旦那衆と只次郎は車座になって味噌を舐《な》めつつ酒を飲む。肴が足りぬのではないかと、お妙は独活のきんぴらを出してやった。

「仲買人に話をつけてあったんなら、そう言えってんだい。おかげでこっちは無駄足を踏んじまったよ」

温めたちろりを運びながら、お勝が不平をこぼす。

仲買人たちはこちらから報せるまでもなく、今日の宴会のことを知っていた。ゆえに無駄足を踏まされたのはお勝ではなく重蔵なのだが、当の本人は相変わらず、勝手口の傍に酒樽《さかだる》を置いて黙々と根付《ねつけ》を彫っている。

重蔵が用心棒になったばかりのころは皆興味津々《しんしん》で、こっちに来て飲まないかと誘いかけていたものだ。ところが重蔵は頑《かたく》なに酒を断るし、話しかけに行ったところで会話が続かない。やがて諦《あきら》め、置物のような存在として慣れてしまった。

「ま、腕っ節の強いのが睨《にら》みを利かしてくれてんなら、お妙さんも安心だろう」というわけである。

実際に重蔵が来てからというもの、酔ってお妙に絡む者や、店の中で暴れる者は皆無となった。隅のほうでただ座っているだけでも、重蔵には妙な迫力がある。

ただ一人、只次郎だけは今も時折勝手口のほうを振り返り、重蔵を気にかけていた。近ごろ急に体を鍛えはじめたらしく、同じ男、同じ士分として重蔵の強さに惹《ひ》かれるのだろう。たまに腕の太さを見比べて、溜《た》め息《いき》をついていることがある。

「そういや、ルリオの雛《ひな》たちはあれからどうなりました？」

きんぴらをつつきながら、ご隠居が只次郎に水を向ける。三文字屋がすぐさま話に乗っかった。

「ああ、それですよ。まさか飼い鶯《うぐいす》が卵を産むとはねぇ」

ルリオは雄《おす》ゆえ、卵を産んだのは共に飼っていたメノウである。只次郎が鶯の雛を仕入れた鳥屋から雌《めす》を摑《つか》まされた、と悔やんでいたのが昨年のこと。その雌がルリオと番《つがい》になったというのだから、世の中なにが功を奏するか分からない。

雄と雌を一緒にすれば子ができて当然ではないかと思うが、飼われた野鳥にとっては極めて珍しいことらしい。只次郎もまさかと思っていたが、ある朝メノウが卵を一つ産み落としていた。慌てて巣の代わりに藁《わら》で編んだふごを入れてやると、都合五つの卵を産んだという。

「いやいや、一番驚いたのは私ですから」

そのときの焦りを思い出したのか、只次郎は懐から手拭《てぬぐ》いを取り出し、月代《さかやき》に浮いた汗を拭う。五つの卵は無事に孵《かえ》り、雛たちはすくすく育っているということだ。

「卵が孵ったのはいつごろですか」と俵屋が尋ねる。

「たしか先月の、二十日でしたね」

「ああ、ではそろそろ巣立ちじゃないですか」

「そうです。ちょうど今朝巣から出して、大きめの籠に移しましたよ」

小鳥というのはずいぶん早く独り立ちをするものだと、お妙は空いた盃《さかずき》に酌をしてやりつつ感心する。雛たちは巣にいる間に、父鳥の鳴き声を聞き覚えるそうだ。

「ルリオの子となれば、さぞかしいい声で鳴くんだろうなぁ」

三河屋が、赤黒い顔で舌舐めずりをする。

只次郎は慌てて顔の前で手を振った。

「それは分かりませんよ。まだ喉《のど》ができていないので、ピイピイとしか鳴きませんし。雄と雌の区別もつきませんからね」

只次郎とて、ルリオの後継はほしいはず。五羽のうち何羽が物になるかも分からず、とても安請け合いはできないだろう。

「二番手、三番手の鶯でいいから、ぜひ」

「全部雌だったらどうするんですか」

「さすがにそれはないでしょう」

二月の鳴き合わせの会で残念ながら東の一（二等）となった三文字屋まで、鼻の脇のホクロをうごめかせる。

「この話が公になれば、江戸中の鶯飼いが目の色を変えるでしょうねぇ」

「正直なところ、私も狙《ねら》ってますしね」

俵屋とご隠居も、無関心ではいられない。誰もが鶯道楽の上、金には困っていないのだ。鳴き声が定まったとたんに、周りを出し抜こうとするだろう。

「皆さん、気が早すぎますよ。雛をお分けできそうなら、必ず知らせますから」

「本当ですね。贔屓《ひいき》はなしですよ」

旦那衆が只次郎に暑苦しく詰め寄る。話に夢中で開け放したままの入り口から、升川屋が入ってきたことにも気づかない。

出迎えようとそちらに二歩三歩近づいたお妙は、升川屋が背後にもう一人、恰幅《かっぷく》のいい中年者を従えているのに気がついた。

「その話、私もぜひ交ぜてくれませんかね」

そういって中年者は、顔の折り目どおりに笑顔を作る。

お妙とお勝にとっては、見たことのある男だ。昨年の十月に、お志乃に請われて升川屋の屋敷を訪れた。その際に顔を合わせている。

木場《きば》に店を構える材木問屋、近江屋《おうみや》の主だった。

「なんでぇ、先にはじめてやがるんですかい」

「しょうがないじゃないか、遅いんだから」

拗《す》ねたように口を尖《とが》らす升川屋に、ご隠居が「人を呼び集めといて遅れるたぁ、どういう料簡《りようけん》です」と苦言を呈す。自分が早く来すぎただけということには、考えが至らぬようである。

「いやぁ、すみません。店の場所が分からずに、迎えに来てもらったものですから」

新参者の近江屋が、すかさず間に割り込んだ。腰は低いがどことなく、上辺《うわべ》だけのようにも見える男だ。もっともここにいる旦那衆たちは皆、人のよさそうな顔の下に商人らしい計算高さをそっと隠しているのだろうけれど。

近江屋が横にかさ張るぶん、小上がりに七人はちと厳しい。升川屋が「俺《お》りゃこっちでいいや」と、一人で床几に陣取った。それでは寂しかろうと俵屋もそちらに移り、いよいよ宴会の始まりである。

「近江屋さんというとたしか、升川屋のご新造さんの、離れを手掛けた？」

「ええ。ま、材木の工面をしただけですが。そのご縁で升川屋さんには、よくしていただいておりますよ」

うんとこなと小上がりに上がり、近江屋が大儀そうに胡坐《あぐら》をかく。その場にいる者それぞれが屋号を名乗るだけで、「ああ、駿河町の」、「小舟町の」と通じるところがさすがである。

「そしてあなた様が林様。お噂はかねがね伺っております」

近江屋の隣は只次郎。「ささ」とちろりを手に取って、酒を勧められている。その間の詰めように、接待慣れした抜け目のなさが窺《うかが》えた。

「近江屋さんは、元々メダカ飼いなんだ」と升川屋が口を挟む。ご隠居が「ほほう」と顎先を撫《な》でた。

「と言いますと、掛け合わせですか」

「ええ、お恥ずかしながらのめり込んでしまいまして」

近ごろは金魚に人気を取られているが、メダカは古くから観賞用として飼われてきた。ただ愛《め》でるだけではなく掛け合わせを行って、色や形の新しい種類を生み出すのも、また通の楽しみである。

「なんでも余所《よそ》じゃ出回ってない種類まであるってんだから、よっぽどだろ」

「いえいえ、私なんぞは下手の横好きで」

近江屋は恐縮したように首の後ろを搔《か》く。只次郎がその盃に、「いいご趣味で」と酒を注《つ》ぎ返している。

「そんで林様の話をしたら、次は鶯も飼ってみたいってことになってな」

「は？」

手元がぶれて、只次郎の袴《はかま》に酒が数滴振りかかる。先ほど近江屋が「交ぜてくれ」

と言ったのは、そういうことだったのか。

「名鳥ルリオの噂《うわさ》は鶯界隈だけでなく、メダカ飼いにまで広まっております。それほどの鶯に、この度子が生まれたとか。私にもぜひ、一羽譲っていただきたいと思いましてねぇ」

「はぁ。ですがそう言われましても」

「そうですよ。これから鶯飼いを始められるんだったらね、ルリオの子はちと荷が重い。飼い慣れてもいないのに、うっかり死なせちまったらことですよ」

貴重な雛を新米に奪われてはならじと、ご隠居が目を尖らせる。三河屋も、呆《あき》れたように首をすくめた。

「升川屋もなんでまた、そんなことをぺらぺらと喋っちまうかねぇ」

「ええっ、俺が悪いんですかい」

「そうさ、たいていのことはアンタが悪いのさ」

「なんだよ、お勝さん。ひでぇなぁ」

お勝が割り込んだことで笑いが起き、少しばかり座が和んだ。そのときを狙い、お妙は用意していた皿を折敷《おしき》に乗せて、小上がりに運んで行った。

五

「はい、では鰹づくしのはじまりですよ」

「おお、待ってました！」

お妙の呼びかけに一同目を輝かせ、升川屋は威勢よく手を打ち鳴らす。

内祝いという名目の、心づくしの初鰹。まずはこれを存分に楽しまねばと、頭が切り替わるのが見てとれた。鶯をめぐる争いは、後回しのようである。

皆の期待を背負ったひと皿目を、小上がりに置く。床几に掛ける升川屋と俵屋も、立って皿を覗き込む。

まるで示し合わせたかのように、皆が驚きと不審の入り混じった、なんとも言えぬ顔になった。

皿の上にはくの字に折り畳まれた大葉が、青々と並べられている。その一枚一枚が、なにやら赤くどろっとしたものを包み込んでいるのだ。なんだこれはという疑問が、各々の顔に浮き出ている。

「あの、お妙さん。これはなんでしょう」

恐る恐る問うたのは、只次郎。それが一番の若輩《じゃくはい》である自分の役目と心得ている。皆の戸惑いを肌で感じ、お妙はにっこりと微笑《ほほえ》んだ。

「血合いの叩きです」

鰹の血合い肉だけを削ぎ取って、細かく刻んだ生姜《しょうが》、葱、味噌と共に包丁で叩いたものである。手で摘まんで食べられるよう、それを大葉でくるりと巻いてみた。

「味はついておりますので、どうぞそのままで」と勧めると、ようやく手が伸びてくる。床几には、お勝が小皿に分けたものを運んだ。

隣の者と目を見交わしながら、えいやとばかりに口に放《ほう》り込む。真っ先に食べたのは只次郎。口に入れたとたん、頬がぐいんと持ち上がった。

「うわ、これうまぁい！」

それを聞いて他の者も後に続き、そこここで「旨い！」の声が上がる。

「血の塊みたいで見た目は気持ち悪いですが、食べてみると絶品ですね」

「たしかに血腥《ちなまぐ》さは残っちゃいるんだが、このちょっとしたクセが後を引くな」

「鰹がいいからこそですよ。普通は血合い肉なんざ、叩きにしても臭《くさ》くて食えたもんじゃないでしょう」

「ダメだこりゃ、酒がどんどんなくなっちまう。おおい、お勝さん！」

「はいはい、心得てますよ」

升川屋に呼ばれ、お勝があらかじめ銅壺《どうこ》に温めておいたちろりを取り出す。この酒も、先ほど升川屋の手代が樽で届けてきたものだ。まさしく大盤《おおばん》振《ぶ》る舞《ま》いである。

「なぁおい、アンタもこっちに来て食わねぇか」

店の隅で静かに根付を彫り続ける重蔵に、升川屋が顔を振り向ける。他の者は誘うのを諦めているが、こちらは今日が初対面。皆が旨いものを食べているのに、一人だけ除《の》け者《もの》なのは寂しいものだ。

「いや、拙者は」

まるで習い性のように、重蔵はやはり首を振る。だがお妙は気づいていた。いつもならもっと根付彫りに没入しているのに、さっきからなぜか客のほうにちらちらと視線を遣っている。食べたことのない鰹料理がどんなものか、気になってしかたないのだろう。

「まぁそう言わずに、祝い事だ。うちにそりゃあもう可愛い、玉のような男の子が生まれたんだ」

「アンタとお志乃さんの子なら可愛いに決まってるけど、自分で言うかねそんなこと」

「いいじゃねぇか、お勝さん。ちったぁ親馬鹿にならしてくれよ」

「親馬鹿ならいいけど、馬鹿親にならないよう気をつけな」

お勝のきつい返しに、「ちげぇねぇ！」と小上がりから合の手が入った。親馬鹿と馬鹿親、似ているようで大違いである。

「ええい、うるせぇうるせぇ。ほら、アンタも早くこっち来な。めでてぇことは、分け合ってなんぼだろ」

升川屋のやけっぱちな誘いかけに、ついに重蔵の心が揺らいだようだ。好物である鰹の誘惑に勝てなかったか、「ならば」と座っていた酒樽から腰を上げる。小上がりからは、「いいぞ、いいぞ」と声がかかった。

床几に浅く腰かけて、重蔵はさっそく叩きを摘まむ。口に含んだとたん、「む！」と鋭い目を見開いた。

「う、旨《うま》い」

独り言のような呟《つぶや》きに、お妙は胸を撫で下ろす。なにを食べさせても反応に乏しいところのある重蔵だが、これは本当に旨かったのだろう。

「よぉし、存分に食ってくれ。お勝さん、お勝さんも、せっかくの祝いなんだから、働いてばかりいねぇで飲み食いしてくれな」

酒はまださほど進んでいないはずなのに、ひと皿目にしてかくのごとき盛り上がり。この宴会は、どうやら長くなりそうだ。

二皿目と三皿目は、同時に出すことにした。

一同お待ちかねの刺身、それから炙りである。小上がりに大皿を並べて置くと、「おおっ」と歓声が上がった。

鰹の刺身というのは皮を残して造り、皮目だけをさっと炙ったものである。他の魚で言う、焼き霜造りと同じやりかただ。それを一般に、芝造りと呼ぶ。

対して炙りは節に串《くし》を打ち、表面をまんべんなく炙って、中だけを半生に仕上げている。

「おや、銀造りもありますね」

さすがはご隠居、お目が高い。なにしろ三尾分も身があるので、作り分けてみたのである。銀造りは皮を炙らない。

「はい。銀造りになっているのは腹側の節で、芝造りは背側です。脂の乗り具合が違いますので、食べ比べていただければと」

鰹の腹側には鱗がなく、皮も柔らかい。五月に入ってからの安くなった鰹にはその柔らかさがないので、今のうちだけのお楽しみ。つまり相当な贅沢品《ぜいたく》だ。

「刺身のツマも独活と浜防風《はまぼうふう》ときた。気が利いてますねぇ」

そう言って箸を取る俵屋は、実に嬉《うれ》しそうだ。

浜防風は海辺に生える芹《せり》の仲間、その芽は刺身のツマとして上等とされている。茎に十字の切り込みを入れて水に放つと蛸《たこ》の足のようにくるりと反り返り、飾りものとしても愛らしい。爽《さわ》やかな風味が魚の臭みを消してくれるので、特に鰹のような赤身の魚にはうってつけだ。

これを取ってきてくれたのは重蔵である。日本橋の魚河岸まで使いを頼み、そのわりに帰りが遅いと思ったら、芝浦《しばうら》の浜辺まで足を延ばしていたという。なにを考えているのか分からぬときもよくあるが、たまに見せる心配りはありがたい。

鰹の刺身は芥子と醬油、大根下ろしで食すもの。銘々好きな部位を取り、芥子をたっぷり塗って口に入れる。

「うーん、効くぅ」

「そうそう、この軽く炙った皮の香ばしさがいいんだよ」

「私は腹側の脂《あぶら》の乗り具合が好みです。以前お妙さんに戻り鰹を食べさせてもらってから、脂の旨さに目覚めまして」

「そうかい。俺はやっぱり初鰹は、さっぱりと食いてぇなぁ」

「どちらもそれぞれに旨いですよ。さて、炙りも食べてみましょうか」

鰹の醍醐味《だいごみ》は刺身とばかりに、どんどん食べ進めてゆく。そんな中、真っ先に炙りの皿に箸を伸ばしたのは三文字屋だった。

こちらは表面を炙った後、厚めに切り分けてあらかじめ漬けダレに浸《ひた》してある。薬味は茗荷《みょうが》と大葉と葱をたっぷり。三文字屋は大きな切り身をひと口に頬張った。

「うん、これはまた！　爽やかな酸味が鼻に抜けて、後口もいいですね。この風味は柚子《ゆず》でもない、橙《だいだい》でもない――」

「ええ、梅酢です」

梅干しを漬けたときに出る、酸味の強い汁である。塩気があるのでそのまま合わせ酢のように使えて便利だ。それを味醂《みりん》と合わせ、鰹節と昆布を漬け込んでおく。三日ほど放置してから布で漉《こ》せば、美味《おい》しいタレの出来上がり。焼き魚にかけても野菜を和《あ》えても旨い、万能なタレである。

「ああ、たしかに。言われてみれば梅ですね」

「なんですって。ふぁ、これまた旨い」と只次郎、もはや涙目になっている。

「半生具合も絶妙だ。周りの火の通ったところにタレがよく染みて、生のところはしっかりと鰹らしさを残してる」

「お勝さん、酒を。酒をくれぇ！」

本当に、旨いものが好きな人たちだ。初参加の近江屋も、その恰幅から推し量れるとおりのいい食いっぷりを見せている。

「それで先ほどの話なんですが、林様。鶯の飼いかたも含めてご教示いただくということで、どうにか考えていただけませんかねぇ」

だが飯を食べつつも、只次郎に詰め寄ることは忘れない。近江屋といえばたしか先代までは、さほどの身代ではなかったと聞いたことがある。その腕だけで店を大きくしたのだから、なるほど押しが強いはずだ。

「ですから今のところは、なんとも言えません。けっきょく、一羽も物にならないかもしれませんし」

「じゃ、物になったときで結構です。すぐにご連絡をくだされば」

この様子では、相手が折れるまで食らいついてゆきそうだ。見かねたご隠居が、横から只次郎の袖《そで》を引いた。

「だからその話はまた今度、と言っているじゃありませんか。お前さんもほら、いつまでもそんなところに座っていないでこっちに来なさい」

そのまま只次郎を近江屋から引き離し、間に割り込む。こちらも太物《ふともの》問屋菱屋を一代で盛り上げた大立者。押しの強さでは負けていない。

かくのごとき大物たちが、なぜこのちっぽけな居酒屋に集まって飯など食っているのだろう。お妙はあらためて、縁というものを不思議に思った。

六

四皿目は兜煮《かぶとに》にした。ごとりと落とした鰹の頭を、春牛蒡、蕗、生姜と共に甘辛く煮付けたものだ。

「そうそう、これこれ。お妙さんならやってくれると思ったぜ。頭の肉までほじくって食うのが、一本買いの楽しみってもんよ」

行ったことがないから分からないが、高い料理屋ではあまり、こういったものは出さないのだろうか。まさか捨てるとは思えないから、賄《まかな》いにでもするのだろう。この頬肉、頭肉の旨さを堪能しないのは、いかにももったいない。

「初鰹の兜煮なんて、私には贅沢すぎて眩暈《めまい》がしますよ」とは只次郎。

値の高いうちは一尾丸ごとなど買えず、鰹売りが節に捌いてくれたものがせいぜいだ。それすら卯月のはじめには、よっぽど悪くなったものでもないかぎり手が届かない。

そんな庶民の感覚を、旗本の次男である只次郎が備えているのも皮肉なこと。ここにいる誰よりも身分が高いのに、台所事情は釣り合わない。

「はて、この黒っぽいのはなんですか」

三文字屋が、皿の上に載った小さな塊に目をくれる。数があるわけではない。小上がりに置いた皿には二つ、床几に置いた皿には一つ。

「鰹の心臓です」

「心の臓、これが」

己の胸に手を当てて、初めて知ったと目を丸める。三文字屋は老舗《しにせ》だから、鰹の頭など主がわざわざほじくって食べないのかもしれぬ。

「こりゃあ滋養になりそうだ。三つしかねぇから歳の順な。まずはご隠居だろ、それからお勝さん」

「待ちな。歳の順って上からかい？　だったらアタシは入らないだろ」

「またまたぁ。お勝さんが俵屋さんより下ってこたぁないでしょう」

「あて推量でものを言うんじゃないよ、小童《こわっぱ》が」

「へぇ、そりゃ失礼しやした」

升川屋の言うとおり、お勝のほうが歳は上だ。とはいえ年齢にまつわる話には、女を巻き込まないのが利口である。

「あのう、目の裏の柔らかい肉は、私がもらってもいいですか？」

申し訳なさそうに、只次郎が口を挟む。心臓に興味はないが、目の裏の糊《のり》状の肉は食べたいらしい。好き嫌いは分かれるが、兜煮の中では特に旨い部位だ。

「ちょっと待った。目の裏の肉も、三尾あるから都合六つ。皆が食えるわけじゃないんだ」

そう言いだしたのは三河屋である。こちらも好物なのだろう。

「私はそれほど好きではないので」と、三文字屋が頰を掻く。

「心の臓をいただきますから、そちらは遠慮しますよ」ご隠居もまた引き下がった。

「アタシとこの子も、べつにいらないよ」と、お勝がお妙に向かって顎をしゃくった。

もちろん、客人を差し置くわけにはいかない。

「ええっと、では林様、三河屋さん、俵屋さん、近江屋さん、升川屋さん、重蔵さん」

名を呼びながら、お妙は指を折ってゆく。これでちょうど六人。それぞれの顔を見回して、ハッと息を呑《の》んだ。

「あの、重蔵さん？」

こちらに背を向けて座る、重蔵の上体がゆらりゆらりと揺れている。名を呼んでも振り返らず、さらに大きく体が傾《かし》いだ。

「おおっと！」

升川屋が気づき、すんでのところで抱き止める。だが鍛練された重蔵の体は重く、俵屋も手伝って、床几の上にどうにか上体を横たえた。

「大丈夫ですか」

下駄を鳴らして駆けつける。重蔵の顔は赤く、心なしか息も荒い。ためしに脈を取ってみると、速かった。

「これは、どうしたことでしょう」

つい先ほどまではなにごともなく、刺身を旨そうに摘まんでいたというのに。重蔵の身に、いったいなにがあったというのか。

「もしかしたらさっき、酒を勧めちまったせいかもしれねぇ」

升川屋が決まり悪そうに、首の後ろを掻いて白状した。重蔵の口元に顔を寄せてみると、ほのかに酒の匂いがする。

「でも、ほんのちびっとだぜ。舌先で舐めるくらいのもんで」

その話が本当ならば、信じられぬほどの下戸《げこ》である。重蔵がこれまで頑なに酒を断ってきたのも頷けるというものだ。

だが今日は、好物の鰹を食べて気が緩んでいたのだろう。酒問屋の升川屋に、「飲んでみてくだせぇよ、上諸白は悪酔いがしねぇんだ」とでも勧められ、ならばと口をつけてしまったのだ。

「医者を呼んできましょうか?」

只次郎は身が軽い。いつの間にか小上がりを下り、お妙の傍らに控えている。

「大袈裟《おおげさ》じゃないか。酔っ払いなんざ、そのへんに転がしときゃいい」

「ですが下戸にとって、酒は毒ですから。ほんの少しでも、命を落としかねません」

興を削がれてぞんざいになる三河屋に、只次郎は真っ向から異を唱えた。

この若者が頼もしく見えたのは、はじめてのこと。目がおかしいのかと、お妙は思わず瞼《まぶた》をこすった。

「いいや、よく聞いてみろ」

升川屋がそう言って、唇の前に人差し指を立てる。

よく見れば重蔵は、目を閉じたまま口だけをむにゃむにゃと動かしていた。なにか呟いているようだと、耳を澄ます。

「ううん、もう食えぬ。もう、食えぬ」

寝言だ。「どうやら寝ているだけのようですね」と、只次郎が肩の力を抜いた。

裏店にある重蔵の部屋は、布団が敷きっぱなしになっていた。日中はほぼ『ぜんや』で過ごし、飯も店の中で食う。部屋に戻るのは寝るときだけとあって、横着《おうちゃく》してしまうのだろう。

その布団に重蔵を寝かしてやり、起こさぬようそっと部屋を出る。もっともここまで運ぶ間、目を覚ます気配などちっともなかったのだが。

「すみません、ありがとうございました」

重蔵を背負って運んでくれた只次郎に、礼を言う。

より上背のある升川屋ですら支えきれなかった重蔵を、よくぞここまで運べたものだ。以前の只次郎ならば、背負ったとたんに膝《ひざ》から崩れ落ちていたかもしれない。近ごろ体を鍛えているというのは本当なのだろう。

「いえ、それはいいんですが」

店に引き返そうとした足が、二、三歩進んでふいに止まる。先に立っていた只次郎が、振り返った。

「お妙さんは、草間殿をどうしたいんです？」

なにがあったか、思いつめたような顔つきである。お妙はその目を真っ直ぐに見返した。

「どうというのは？」

「今の状態が、草間殿にとって必ずしもいいものとは思えないからです」

酒は入っているが、意識は充分しっかりしている。只次郎は珍しく真剣だった。

「仕官先も探さずに、すっかりお妙さんに甘えてしまっているじゃないですか。これはちょっと、だらしないですよ。本当にこのままでいいと思ってますか？」

さすがは武士だ、町人は浪人者の身過ぎ世過ぎにまで気が回らない。だからこそ重蔵が『ぜんや』に居着いても、「用心棒だってよ」と受け入れられてしまった。

だから只次郎は油断がならない。目を逸《そ》らしておきたいことにも、「ほら」と注意を向けてしまう。

「もちろん」と、お妙は微笑む。「そんなことは、思っていませんよ」

「じゃあ、どうしたいんですか」

「それは、重蔵さんが決めることでしょう」

「お妙さん！」

酔ってはいないが、大胆にはなっている。只次郎に手を摑まれて、お妙は「きゃっ」と声を上げた。

手の甲に、硬いマメが触れる。柔らかそうだと勝手に思い込んでいたが、それはまぎれもなく男の手だった。

「あっ、すみません」

悲鳴に焦り、只次郎はぱっと手を放す。視線を感じて振り返ると、薄く開いた障子の隙間《すきま》から覗くおえんと目が合った。

ばれたと悟るとその首が、亀《かめ》のようにぴゅっと引っ込む。おえんの部屋は、二つ隣である。

お妙は只次郎と、気まずく目を見交わした。このぶんだと後日また、面倒なことを聞かれるだろう。

「も、戻りましょうか」

ここで立ち話をしていても、おえんを喜ばせるだけだ。只次郎の提案に否《いな》やはなく、お妙は「ええ」と頷き返す。

「鰹づくしは、この後なにが出るんですか？」

気を取り直して、只次郎は軽い話題を振ってくる。ぎこちなさを引きずったまま、店に戻らなくてもいいように。

「あら、聞いてしまいます？」

「そう言われると、知りたくないような。でもやっぱり、もったいぶらないで教えてくださいよ」

只次郎の軽口に救われて、お妙は「うふふ」と声を上げた。

「白子を梅酢のタレで和えたのと、つみれ汁。それから炊きたてのご飯に醤油漬けの鰹を載せたもの」

「ふわぁ、旨そう！」

「しかもご飯には、炒り煮にした真子を散らします」

「よし、皆さんも待ってますし急ぎましょう。なんだかまた腹が空《す》いてきましたよ」

そう言って、只次郎はお妙の手を引いた。一度握ってしまったからいいと思っているのか、それとも無自覚なのか。

このままでいいとも、いられるとも思っていない。それは、只次郎に対しても同じことだ。

どぶ板を踏み鳴らして歩きながら、お妙は握られた手を振り払わなかった。

七

鰹づくしの宴は、夕七つ（午後四時）を過ぎたころにようやく仕舞いとなった。

というのもお志乃の息がかかっていると思われる手代が、升川屋を迎えにきたからである。羽目を外すのもここまでという無言の怒りが感じられ、「まだ帰りたくねえ」と嫌がる升川屋を宥《なだ》めて駕籠《かご》に乗せた。

主役が退場したとなれば、あとはゆるりと解散である。皆それぞれに、好きなときに帰ってゆく。

「そういえば、お妙さんといいましたか。あなたとは以前升川屋さんの屋敷でお会いしておりますよね」

真っ先に席を立った近江屋は、お妙にまで腰を低くして接してきた。

相手は日光東照宮《にっこうとうしょうぐう》の修繕に関《かか》わるほどの材木商、こちらは覚えていたが、まさか向こうにも覚えられているとは思わなかった。

「ほら、そこのおねえさんも。私はね、一度見た顔は忘れないんですよ」

そう言ってお勝にも笑顔を向ける。

「どうぞこれから、よろしくおつき合い願いますね」

ねっとりとした笑みを残し、呼んであった駕籠に乗って帰って行った。「また来る気なんでしょうか」と、只次郎が顔をしかめたのは言うまでもない。

それから半刻（一時間）ほどして皆が帰り、片づけなどしつつ店を開けていたが、もはや客は来なかった。

そのぶん早めに店仕舞いをし、早めに寝たせいか、今朝はいつもより身が軽い。掃除を手早く済ませ、昨日仕込んでおいた南蛮漬けと一夜干しの仕上がりを見る。少し摘まみ食いをして、お妙は「よし」と頷いた。

青物、魚、浅蜊《あさり》、納豆、それぞれ馴染《なじ》みの振り売りが、食材を届けてくれる。昨日の鰹は急ではあったが、料理をするのは楽しかった。さて、今日はなにを作ろうか。

お妙は前掛けの紐《ひも》をきりりと結び直す。ちょうどそのとき、勝手口の戸がガタガタと鳴った。

振り返るとだらしなく着崩れした重蔵が、頭を押さえて入ってくる。昨夜はちっとも起きてこず、今の今まで寝ていたのだろう。覚束《おぼつか》ない足取りで近づいてきて、真っ青な顔で「桜の皮は、ないだろうか」と訴えてくる。

「桜の皮、ですか」

「ああ。どうも鰹酔いらしい」

よほど頭が痛むのだろう。辛《つら》そうに眉《まゆ》を寄せ、床几に摑まるようにして座り込む。

「おそらくそれは、鰹酔いではないと思いますけれど」

なに食わぬ顔をして、お妙は人参を細長く刻みはじめる。顔を上げられもせぬ重蔵に、こちらを気遣うゆとりはない。

桜の皮に、鰹酔い。いよいよかしらと、苦く笑う。

重蔵の出身だという上野国に、海はない。そのわりには足の早い鰹が好物だったり、浜防風を知っていたり、引っかかるところが多すぎる。

そもそものはじめに深川飯を振る舞ったときから、江戸で流通する馬鹿貝の剝《む》き身について詳しかった。

だからね、おえんさん。来《こ》し方《かた》を尋ねたところで、はぐらかされるのがおちでしょう？

あなたはいったい何者なのと、胸の中で問いかける。重蔵は、ひたすらうんうんと唸《うな》るばかりだ。

表から、豆腐売りの声が聞こえてくる。今朝は雪花菜があるだろうか。

お妙は声を励まして、疑いをいったん胸に畳んだ。

「待っててください、雪花菜汁を作りますから。二日酔いにいいんですよ」

「藪入り」「朧月」「砂抜き」「雛の宴」は、ランティエ二〇一七年十一月～一八年二月号に掲載された作品に、修正を加えたものです。

「鰹酔い」は書き下ろしです。

時代小説文庫
さ 19-6

さくさくかるめいら 居酒屋《いざかや》ぜんや

著者 坂井《さかい》希《き》久《く》子《こ》
2018年2月18日第一刷発行

発行者 角川春樹

発行所 株式会社 角川春樹事務所
〒102-0074 東京都千代田区九段南2-1-30 イタリア文化会館

電話 03(3263)5247[編集] 03(3263)5881[営業]

印刷・製本 中央精版印刷株式会社

フォーマット・デザイン&シンボルマーク 芦澤泰偉

ISBN978-4-7584-4146-9 C0193

http://www.kadokawaharuki.co.jp/[営業]
fanmail@kadokawaharuki.co.jp[編集] ご意見・ご感想をお寄せください。

坂井希久子の本

ほかほか蕗《ふき》ご飯

居酒屋ぜんや

家禄を継げない武家の次男坊・林只次《ただじ》郎《ろう》は、鶯が美声を放つよう飼育するのが得意で、それを生業とし家計を大きく支えている。ある日、上客の鶯がいなくなり途方に暮れていたときに暖簾をくぐった居酒屋で、美人女将・お妙の笑顔と素朴な絶品料理に一目惚れ。青菜のおひたし、里芋の煮ころばし、鯖の一夜干し……只次郎はお妙と料理に癒されながらも、一方で鶯を失くした罪責の念に悶々とするばかり。大厄災の意外な真相とは——。美味しい料理と癒しに満ちた、新シリーズ開幕。
(解説・上田秀人)

時代小説文庫